当山开口说话

杜冬的理塘故事集

杜冬 著

中国广播影视出版社

图书在版编目（CIP）数据

当山开口说话：杜冬的理塘故事集 / 杜冬著. ——北京：中国广播影视出版社，2022.4
ISBN 978-7-5043-8807-0

Ⅰ.①当… Ⅱ.①杜… Ⅲ.①散文集－中国－当代 Ⅳ.①I267

中国版本图书馆CIP数据核字(2022)第034707号

当山开口说话：杜冬的理塘故事集

杜冬 著

责任编辑	许珊珊
责任校对	张 哲
封面设计	MXK

出版发行	中国广播影视出版社
电　　话	010-86093580　010-86093583
社　　址	北京市西城区真武庙二条9号
邮　　编	100045
网　　址	www.crtp.com.cn
电子信箱	crtp8@sina.com

经　　销	全国各地新华书店
印　　刷	天津和萱印刷有限公司

开　　本	880毫米×1230毫米　1/32
字　　数	168（千）字
印　　张	9.75
版　　次	2022年4月第1版　2022年4月第1次印刷
书　　号	ISBN 978-7-5043-8807-0
定　　价	88.00元

（版权所有　翻印必究·印装有误　负责调换）

推荐序

2013年有一本我喜欢的很温情的书《康巴情书》，那是一个汉族小伙子用一本书写给一个藏族康巴少女的情书，那个爱情故事也曾经是我向往的，因为在雪域高原的蓝天白云下它是那么炙热、纯粹又单纯，就像青藏高原上的雪山经幡，不会因为岁月而被遗忘。也许是因为深爱雪域高原的人都是注定今生有缘相遇的人，2017年《中国国家地理》"大拉萨"特刊里，我又在一篇文章里看到了那个熟悉的名字——杜冬。

2019年，我主编出了第一本线路书《入藏八线》；2020年，我又主编出了另一本线路书《康巴腹地》。也许是从2003年进入《中国国家地理》杂志社第一次上青藏高原开始，十八年的时间里，我情不自禁地迷恋上了雪域高原。因为没有高反，没有陌生感，我真的感觉就像前世的卓玛今世回到了故乡，甚至总有一种冲动，想把雪域高原的自然人文介绍给更多的有缘人。2020年年底，因为理塘丁真，那个熟悉的名字——杜冬，再一次跳入我的眼帘。

如果你喜欢青藏高原，如果你经常行走在地球第三极，你会发现原来世界这么小，和雪域高原有缘的人无论在哪个城市，很容易就会相聚。

杜冬背着双肩包风风火火地赶到我的办公室见面的时候，因为丁真，他这个"杜爸"已经很有名气了。但是，从2021年1月北京的见面，到3月成都的见面，再到刚刚11月初康定的见面，杜冬老师始终都是那一身"焊"在身上的摇粒绒，都是那个文质彬彬、戴着眼镜、儒雅有加的"杜老师"，一如我想象中的那个和我一样深爱雪域高原的《康巴情书》的作者。

杜冬对理塘的爱，是汉族知识分子特有的、含蓄又执着的爱，是爱屋及乌的爱，因为一个人喜欢一座城，因为一个人喜欢整个高原，因为一个人可以改变自己，甚至，因为一个人可以放弃所有……杜冬的《当山开口说话》要问世了，依然能从字里行间发现杜冬炙热纯洁的感情，以及对整个理塘康巴人的生活和理塘的自然环境都观察体验到了极致。而且，也正是因为这样爱的缘起，此去经年，让他在理塘县工作了三年。我想曾经蓝色的忧伤已经改变了色彩,这一次是雪域高原康巴人英雄结的红色,是满腔的热忱。

我们常说"读万卷书,行万里路"。青藏高原高大的山脉和深切的峡谷,虔诚的信仰和璀璨的文化,道不完的极致美景,寻不遍的雪域故事,都在等候有缘的人,而杜冬的《当山开口说话》带我们踏上了这片高原热土的世界高城——理塘县,让所有和雪域高原有缘的人,因为这本书,有了一个相遇的约定。

才华烨

《中国国家地理》杂志社副社长、新媒体 CEO

2021 年 11 月 12 日

自序

2012年的一个冬天，我在拉萨的《西藏商报》当记者，拉萨冬天的夜晚寒冷、干燥而漫长，伴随着啤酒瓶和廉价梦想破碎的声音。

我在热气腾腾的"古海"酒吧里痛饮拉萨啤酒和羊卓雍措（一种甜死人的蓝色本地鸡尾酒）。这个酒吧是报社的同事所开，带有一种《哈利·波特》中魔法小店的气场，小包间连转身的空间都没有，日常青烟缭绕。后来这一对夫妻居然去尼泊尔开了酒吧。

我说："我的书马上要出版了，去年写的。"

"能卖得好吗？"一个尖刻的女记者问。在拉萨这种文艺的地方，不出书才算奇怪。

我敏感地补充道："是一本畅销书。"

我的本意是想说明这书不是我自己出的,而是出版社所出。但她嗤之以鼻:"从没有听说过书出版之前就知道是畅销书的。"

我惴惴不安,不过事实证明她是对的。有些书在出版前就会畅销,但我的书显然不在此列。它讲述了我和理塘故事的开始。这书最早源于 2009 年,我在当年的理塘街头乐不思"沪",每天都有巨量的信息冲击大脑——从野性的马匹,到婚礼上没完没了的舞步,这个故事在脑中逐渐成型,结合了我的见闻和别人的故事。我的一个做编辑的姐们儿"兔子"(我们在"西祠胡同"社区网站上相识)经常和我聊天,她说:"你为什么不写点什么呢?"

我一直拖着,真正动笔是在 2010 年。我在上海青浦的工地上担任总经理助理和翻译,每天除了翻译外,尚且有许多时间。窗外的钢结构日渐升高,脚下的淤泥地曾经是李秀成和洋枪队大战的战场,黄昏时工人敲着饭碗路过,我在河边的芦苇旁一边拍蚊子,一边读佛经和经济学。如果说 2011 年所写的文章中有一些自由和随意的气息,那或许多来自上海青浦的黄昏和夜晚。如果其中有幼稚和说教之处,则都是三十一岁的我所傲慢之处。

当时我爱看的书是巴别尔的《骑兵军》、拉伯雷的《巨人传》和巴利文转译的《长老偈》。在《康巴情书》中,我最满意的大概算是《花》,这篇文章中有一点点自由呼吸的气息,文字和叙事各自伸展,每个人都飘浮在半空之中——这也是我希望本书所呈现的风格:没有伤感、矫情和隽永、优美，而是每个人自由地飘浮在叙事的空气中，若醒若睡，载沉载浮。整个故事充满了蠢萌的精神，大抵和一条大狗在夏日里所做的一个梦相似。

那是属于一个上海翻译的梦了，但那时候的上海翻译，心中已经装满了远方，想要当一名记者了。

2012年至2018年夏天，我都在拉萨做记者、读书和搞策划，但我经常在夏天返回理塘，在街巷中游游荡荡，看着和我同频长大与老去的乡亲们总在草原变绿时跳锅庄，也就把时间的节律记在心中。和自然一起衰荣，变老就不再是一件可怕的事，自然，我也会写一点文章。《川藏线的传奇厨师》是我对理塘川菜界的传奇人物郑师傅的记录；《一个朝圣者的自述》是我对理塘一个朝圣者的采访，这个大荒野游侠的故事当时在拉萨听得我心潮激荡；《爱马的傻瓜》算是一首"歪诗"，献给骑士们；《无尽的弦子》最早是为《travel+》杂志而撰稿，写的是我所钟爱的弦子音乐。

我想这样也好，没有想到过我还有重返理塘，为它的旅游做一点点工作的契机。

2018年我成为理塘文旅体投资发展有限公司的总经理，就此开始了一场魔幻的旅程，我从中收集了一个小小的片段，即微博物馆的建设和我们这群埋头苦干的藏汉人等，如同理塘的大地，他们忍受漫长的艰苦劳动，等待夏天的到来。《我们的微博物馆》这篇简单的小文写于 2021 年，保存着我们之间的小小回忆。

这就是一些属于藏地游历者的故事了，当年的 flag 如今实现。

相隔十年的这些文章，如同群山听到了当年那些遥远的呼唤和弦声，在光年之外，终于发出了模糊但雄伟的回响。

感谢家人在上海、南京、北京的付出，让我漫无目的地长年漫游。

感谢丁真珍珠和他的团队，你们把光照进了当下的理塘和久远尘封的故事。

感谢书中对象对我的敞开和包容。感谢出版社为本书付出了巨大努力的编辑等，我衷心希望本书不要亏本。

并将此书献给钟爱的理塘。

目 录

推荐序
自　序

花和藕　　　　　　　　002
漫漫路的求索　　　　　009
命定的清晨　　　　　　013

喇嘛罗桑　　　　　　　022
猫粪事件　　　　　　　033
哭嫁的新娘　　　　　　039

阿爸泽仁　　　　　　　052
三千公里　　　　　　　064
祈福　　　　　　　　　071

当山口开口说话

规矩没得	078
水井边的曲西	088
牧场的月亮	093
赛马会	106
打电话	116
理塘浪子	126
这种蠢事	140
我的菩提树	148
神山崇拜	159
坏苦与喜乐	166
画匠顿珠的爱情	176

泽批喇嘛	194
不舍的告别	203
吉祥的藏历年	214
梦中之梦	232
故乡	237
爱马的傻瓜	244
无尽的弦子	248
川藏线的传奇厨子	264
一个朝圣者的自述	271

后记 时轮金刚气力里，
我和我的理塘"家人" 279

花和藕
漫漫路的求索
命定的清晨

理塘在一千多公里外，远隔十座雪山、十条大河，只有仙鹤能飞越。

我每天沿着传说中仓央嘉措走过的路线，在八廓街里瞎转，在拉萨金色的灰尘里，疲惫不堪，像是一匹中箭的马。

花和藕

我想为康巴姑娘曲西送一束花。

不过她在高原上的理塘县,海拔四千多米,送花基本上无法成为一个选项。

你当然听过无数歌曲中歌唱的草原,莺飞草长,开满碗大的鲜花。我不能说你被骗了,但是理塘的草原如同滚烫的铁板,虽然开满了小花,但是只要一拔起来,很快就枯萎在强烈的日晒下——说是"花色遥看近却无"更合适。

所以,绝妙的采花时间是太阳升起之前。那时候,理塘的草原会弥漫着牛奶般的薄雾,采花的你会浑身湿透,双脚"拖泥带水",牙齿冻得乱撞,铁青的手上握着一小把瑟瑟发抖的小花。

这个场景其实不乏浪漫。我想这样敲开曲西的门,呵着白气将沾满泥土的花送到她手里作为生日礼物。我想了一遍又一遍,甚至连路线都已想好。只不过这个计划有一个问题:她生日时,我不在理塘,我在上海。

而你根本找不到一个清早起来为你去草原采花的理塘人,所以送花计划就此出局,我决定改为送藕。

这是因为曲西爱吃藕,全家只有她一个人爱吃,全理塘县爱吃的估计也没几个。我在理塘的时候,特地留心调查过,有些饭店居然能做藕,但糖醋藕、凉拌藕等一律不会,会的只是倒进高压锅里煮。

也难怪,海拔这么高,高压锅就成了镇宅之宝。

送藕同样也很浪漫,我立刻开始幻想:理塘金色的黄昏,尘土飞扬,有人敲响曲西家的铁门。曲西走下去,那人突然揭开锅盖,三大段蜂蜜色的藕块虎视眈眈,炫耀着甜蜜。

"姑娘,有人送你藕,祝你生日快乐,天天开心,更加美丽,正儿八经地。"

我当时特意留了几个饭店的电话号码,诸如川西小吃店、吃在四川、成都小吃店等。这些小吃店颇为相似,早上的薄雾里,它们的煤炉滚热,喷出一氧化碳,让本来就缺氧的理塘更加憋闷,我曾看到在里面吃饭的食客们无一例外嘴唇乌紫,食不知味。

在上海阳光灿烂的早晨,我喝下热咖啡,气定神闲,开始给饭馆挨个儿打电话。第一个是"吃在四川",这个名号很大气,而且很国际化,因为有英语招牌:Eat in Sichuan。

"你们这边,有没有藕?"

"啥子唉……"

"藕，就是莲藕。"

"啥子哦……"

好吧，再换一家，川西小吃店。

一个藏族女人的口音传了过来，她声音惊慌。

"你们这边，有没有藕？"

"我听不懂哦。"

"阿姐㊀，藕有没哦？就是藕，荷花的下面，梅朵㊁，荷梅朵。"

"梅朵？梅朵我们这里没得哦。"

我出汗了，简直可以想象，这个藏族女人两手满是面粉，在理塘初升的朝阳里，目瞪口呆地听一个人问她煮不煮花。

"就是……就是……观世音菩萨仁波切㊂肚子里面长出来的梅朵，它下头的圆圆的可以吃的东西，你们有吗？"我握紧拳头，孤注一掷。

"卓玛，你来听嘛……"她显然比我更加焦虑。

然后传来了嘟——嘟——嘟——

……

第五家，也是最后一家，我已经不抱希望了。

㊀ 藏语"姐姐"的意思。
㊁ 藏语"花"的意思。
㊂ 藏语"珍宝、宝贝"的意思。藏传佛教信徒在拜见或谈论某活佛时，通常称其"仁波切"而不叫活佛，更不直呼其名。

"你们这边莲花下头的那个圆圆的东西可以吃的,有没有?"

"你说的是'哦偶'撒?"那个声音沉默了许久后回答。

我激动地说:"对,'哦偶',有吗?"

"没得。"

完蛋了,藕的计划就此破灭,但我并不放弃,要说理塘的生活教会了我什么,那就是耐心。在理塘,我可以整个下午都在等一个朋友,可在上海他迟到十分钟我就开始焦虑。不单单是我,我的朋友们也说,海拔越低,耐心就越低。

我再次翻看手机,突然发现里面有一个名字,叫作"理塘花"。

这个人是谁,我苦思冥想后,记起来此人乃一家花店的老板。在理塘所谓的花店,卖的都是盆栽的耐旱花朵,更近似于盆景。我当时不知为什么和他聊了几句,又莫名其妙地记了他的号码。

那个花店的前后左右全都是台球桌,它位于理塘最休闲的两条街道之一,另一条街道上全都是茶楼。我赶紧拨号,那边传来令人安心的普通话,而且他还记得我。

"那个,你有没有藕?"我问。

然后一切顺理成章,他没有藕。对,整个儿理塘县都没有藕。但是他的姐夫是一个出租车司机,正要从最近的城市雅安来理塘,他可以为我带藕。

我赶紧给这位姓赵的司机打电话,生怕他已经上路了。

还好,赵司机还没起床。

"我想带一点藕给一个姑娘。"我说。

"哦。"他倦意未消,想了想,又嘿嘿地笑了,"藕断丝连,嘎?"

总而言之,赵司机最后给我的建议是,他可以从雅安买来玫瑰花,然后火速上路去理塘,半天时间,还不至于干枯。至于藕就算了,他觉得我送一个姑娘藕,简直是不可思议。

"送啥子藕嘛,送火锅要不要得嘛?"

我算算时间,觉得很麻烦,大半夜敲门送花算什么?

赵司机坚定地表示他可以在日落前冲过高原山路,赶到理塘。我知道从雅安到理塘的路有多么漫长,但是这个赵司机让我感动。我觉得这么有信念的人,定会成为理想的送花使者。

中午,赵师傅的电话已经打不通了。我可以想象,他开着一辆菠菜色的小汽车,在波浪一样的群山中,和阳光赛跑,向理塘前进。

那样的山路,是货真价实的羊肠之路啊,落满灰尘的车后座上,居然放着玫瑰花,我突然觉得真是浪漫。

问到曲西的生日,也费了不少周折。

我问她的生日是哪天,她很困惑,因为这个问题从来没有人问过她。传统藏人似乎没有过生日的习惯,不过妈妈总是记得女儿生日的。

太阳落下去了,最后的余晖从我的手指上渐渐褪去,如同海浪一般的夜色从东方升起,向高原蔓延。此刻,理塘正是我想象中的金色黄昏，飞虫和灰尘，一同在空气中划出忧伤的弧线。

我等着电话。我想到上次载我去理塘的师傅，那藏族司机晃着一头长发，坚持要给我介绍理塘的女朋友。"让她给你洗衣服嘛，嘎？"他说，"我这么大哦，从来没得洗过一件衣服，袜子都没有洗过。"

上海的天已经黑了，理塘还有一个多小时天才会黑。我想象着，曲西打开阳光下赤红色的铁门，疑惑而又害羞地看着这个手捧鲜花的大叔，门外孩子们踢着石子跑过，她生日这一天最后的阳光即将落下。

"哦，你是曲西，嘎？"

"哦，你是……"

我不知道谁更尴尬，是曲西还是那个赵大叔。

深红的花瓣摇曳在淡紫色的空气中，曲西家那熟悉的院落中飘满如酒般的香味，这当然比藕好太多了。

"花送到了，你教我说的话，我都给她说了。"赵师傅的语气，依然不紧不慢，"哦，那个布姆㊀，哦哈哈，乖得很，给我说谢谢了，你可以打电话了。"

而且他还不忘抱怨："我为了抢时间哦，车子开错地方了，警察罚了我两百块钱，我亏惨了，亏惨了。"

㊀ 藏语"姑娘"的意思。

我过意不去,说:"我和你分担一下吧,毕竟本来你不会去买花的。"

"不存在!"

"喂……"

"喂,喂,收到了吗?那花,漂亮吧!哈哈哈哈!"我故意显得很不在意。

"我听得到,你不要那么大声嘛……"

"……"

"你,是不是来理塘了?"

"没,我真没去。你听,上海的汽车声。"我把电话伸在夜空里。

"哦。"

"那花,你喜欢吗?"

"嗯,有点枯了,边上。"

"哦,没办法啊,太远的路了……那,生日快乐……"

"……"

漫漫路的求索

我梦见我又走在这条高原的天路上,白云从折多山上直滑到大地,藏居像酥油块般惬意地泡在蜂蜜色的阳光里。我还梦见自己给曲西买的红樱桃已经发酵变酸了,我对着樱桃发愁。

"崩——崩——崩——崩——哦——曲西!"

悠长的木头走廊那一边,传来曲西的妈妈——阿妈拉姆气壮山河的吆喝,随之她整个人脚步有力地踏响而来。每天早晨阿妈拉姆总是最先醒来,她掌管钥匙,是一家之主。

"啊——哦——"曲西睡眼蒙眬地回答。

这间墙壁上画着湖水和鹿的大客厅里,本来盛满了亲戚们的鼾声和奇妙的藏语梦话,现在它苏醒了。亲戚们都醒了,把木地板踩得砰砰响，互相呼喊、咳嗽、吃糌粑，瞅着晒得发紫的嘴唇，翘着满脑袋奇形怪状的乱发，每个人都笑着对我说："你再去睡噢。"

他们今天要去高原牧场上采虫草，一去两个月不下山。

我也醒了，睁开眼，头顶是藏居精美的彩绘。我在理塘县，海拔四千多米的康巴腹地，世界上最高的县城之一。

一名中年汉子，一边把玩着脖子上挂的珊瑚珠子，一边半倚在羊毛毡子上，用粗大的手指指着窗外说："哎呀，下雪了吧。"我说："你汉语说错了，是下雨，不是下雪。"然后我就拉开了窗帘。

在这个五月的黎明，理塘小城四面几十公里环抱的群山被一派莽莽白雪压住，就像冻死的巨兽僵卧在高寒草原上。蓝天下是晶莹的白雪，藏居屋顶上高高低低的风马旗翻卷，牦牛蹄细碎地踩在雪上，耳边只有呼呼的风声。

毕竟是春天，雪融化得很快。酥油茶滚烫地端到眼前时，我看着窗外蓝天下遥远的雪山，已经无语。

采虫草的一家男女老少，忙了一个小时，终于把糌粑、酥油、干牛肉、被褥、锅碗、干牛粪等全套家伙装上拖拉机。男人们忙得浑身冒热气，绒线帽歪扣在乱乱的头发上，女人们提着水瓶，不知所措。最终，人们爬上堆得高高的拖拉机，摇摇晃晃，挥手告别，前往更高处积雪的牧场。那些在夏日赛马会的草原上欢快咆哮的拖拉机、卡车、吉普车和大货车，现在载满人和大小包裹，碾压着春天的泥水，朝着一年中最重要的经济活动奋力前进。

要从这个早晨开始说我的故事吗？可这个早晨属于汉子们和他们歪歪扭扭的拖拉机，不属于我。

正午，曲西姑娘在井边洗衣服，我提着黏着酥油块的水桶，从木头楼梯上走下来。正好看见一头尖犄角的牦牛，甩着肥肚子，吃饱了曲西窗台下的格桑花，又冲进楼下的库房吃发芽的土豆。我赶紧冲下去，想把牦牛赶出来。一团偌大的绒毛和犄角，已经把库房的过道挤得满满的。我束手无策，只好去喊阿妈拉姆。作为一家之主的康巴阿妈，正坦然坐在窗前的地板上，头发松松地挽着，阳光下脸颊红紫，腰上系着一大串钥匙。

"梭㊀……土豆……格桑梅朵……吃起在！"我费力地半藏半汉地描述。她愤然而起，大步下楼，咒骂着，吆喝着，打着尖锐的呼哨，从牦牛身边硬挤了过去，抡起一根木棍，虎虎生风地砸向牦牛的背，牦牛终于转身溃逃。黑狗阿日在外面得意地大叫。

她追到门口，看着被牦牛吃残的格桑花，深深叹息。

"今年，格桑梅朵，没得了吧。"

要从这个正午开始我的故事吗？可这个正午属于折断的格桑花和那头牦牛，不属于我。

下午一片寂静，院子把阳光结结实实地抱在怀里，远山花儿朵朵

㊀ 藏语"牦牛"的意思。

开放,第七杯酥油茶已经下肚。午后格外漫长,曲西姑娘去玩了,阿妈拉姆突然拿出一只小碟,里面是我们俩都爱吃的冻生牦牛肉。

"多多吃哦。"她得意着,高原红闪闪发亮。

"哦,就是就是。"我伸出脏兮兮的手指。

快吃完的时候,我突然想起来,今天是藏历的三十日,照例是不能吃肉的。

好吧,这个温暖的下午属于我。

我轻弹指尖,饮下滚热的酥油茶,我的故事就此开始。

命定的清晨

用一千只眼，注视一千颗星的夜空，我生命中的奇遇，大抵如是。

尽管我是个职业梦想家，但如此壮观的奇遇，前所未遇。

2007 年的夏天，8 月 2 日的早晨，我和哥们儿在藏獒的吠叫声中，从水草正茂的高原牧场上节节败退，魂不守舍地爬上货车，终于抵达了世界高城之一——理塘。我们从没有听说过这个康巴小城，旅游书上写这里海拔四千多米，是中国最高的县城，还忠告旅游者最好不要在此过夜。

不过我们已经累得没法再走了，理塘寺的金顶像是一种许诺，反正到拉萨还早，我们就晒干行囊，顺便观看当地的盛事——赛马节。

刚刚从贡嘎山和塔公草原下来，寒意未散，我们懒散地躺在草地上，晒干潮湿的头发，看着一个村接一个村的姑娘小伙儿比赛跳舞。

这个小城宁静，这片草原广阔，不过与别的地方并没有不同，地平线的手指紧抠着天边，像是我没完没了的生活。

生活像长跑，没有终止，也谈不上目的；或者更像是跳水，我总是迫不及待地打算纵身一跃。生活在别处，我年轻着呢，可以随便挥霍，我想。

我给自己灌满啤酒，像个快乐的啤酒罐，躺在草地上发酵。陌生人的脚步，从身边走过。我陪着各种各样的朋友——弹弦子的小乐手、骑快马的汉子、找不着北的意大利人——在草原上痛快地聊。我是所有人，我又谁都不是，我会继续走我的路，直到圣城拉萨。

到了之后如何？我根本都没想过。

我是怎么发现她的？

后来，我无数次地回想那个命定的早晨。如果那一瞬间，她低下了头，或者是，我转了脸，一切会不会是别的样子？我会向西走上去拉萨的路，她会向南走回那个开着格桑花的院落。我们的生活会像两片树叶，毫不相同，永不相干。

但是，我所能回忆起来的，已经是我一直目不转睛地看着远处那位坐在草地上的木拉乡少女。

她有着水晶般深邃的目光，油亮的辫子垂在番红底金花纹的藏衬衣上，直到腰际。身边其他姑娘的表情，或随着表演而欣喜，或被热烈的太阳晒得直皱眉头。只有她，纤细的手托着沉默的下巴，指甲轻压着微微翘起的嘴唇，好像是在很认真地生气。烈日下的她纹丝不动，油亮的秀发梳得整整齐齐。

周围的一切都远去了，草原和天空都消失了。我在哪里，我是谁，我去哪里，什么是道路，什么是生活，一切都不重要了。我甚至不记得她是不是跳了舞，跳了几支舞，舞姿是否优美。我只是看着她的眼睛，仿佛是在看着一幅古代仙女的壁画。我像蜈蚣一般飘飞着，沉了进去。

她转过眼去，我会觉得整条河流都在她的目光里闪烁。

她整理辫子，我会觉得草原上的风向也随之改变。

似乎这草原上的一切，仅仅为她而存在。

但是那姑娘纹丝不动，仿佛她真是一幅画，每一个瞬间都美不可言。她像是坐在我的身边，又像是远在天边。在最后一缕夕阳的光线中，像是幻觉，每一阵风吹来，我都害怕她会消失。

后来，舞会结束了，我愣愣地看着仙女站起身，独自一人消失在人群中。我手中还攥着一元纸币，上面写着她的名字，她叫曲西。地址却写得不明不白，藏汉夹杂，凭那字迹完全找寻不到她。

如此看来，我和她说了话，还要来了她的名字。我怎么不记得了？

川藏公路还剩下一大半，那之后，我该离开高原，在广阔天地之间走自己的路，闲暇时拿出照片来看看，回忆美丽的姑娘和金色的时光。

可是，我却觉得剩下的路毫无意义，雪山和河流挤在一起，我已经无心去看。甚至连自己的生活信念，也随之动摇起来。我魂不守舍，若睡若醒，茫茫然跋涉在千里川藏高原，来到拉萨。

可我依然恍惚。我在小茶馆抱着甜茶碗发呆，觉得布达拉宫是雨中的幻景，八廓街的人群中好像总能看见她的身影，小昭寺路口的小雨淋得我心乱如麻。甚至我鬼使神差地走进书店，找到仓央嘉措的诗集，翻到里面那篇著名的关于理塘的《洁白的仙鹤》（藏语读为"夏几冲冲噶波"），一遍一遍地看我不懂的藏文。那片康巴的草原，把我自由的魂扎扎实实砌进了她住的围墙里。

理塘在一千多公里外，远隔十座雪山，十条大河，只有仙鹤能飞越。我每天沿着传说中仓央嘉措走过的路线，在八廓街里瞎转。在拉萨金色的灰尘里，我疲惫不堪，像是一匹中箭的马。

我在甜茶馆遇到了一个司机，他说自己十年前，和一个拉萨姑娘有段情缘。那姑娘后来到军营找他，他躲在军营里不敢出去，那姑娘大哭一阵，走了。

我也对他说，理塘有一个姑娘，不知为什么，我总想见她，每天都想，怎么办？

他说："那你再回去一次啊。我，后悔啊，后悔啊！"

我把八角钱甜茶费拍在桌子上，冲上拉萨的街头，一边跑一边想：我怎么就没有想到呢？下午的时候，我已经飞在天上了。千里之外，她家石砌围墙上的小门近在眼前，她的脚步声就在耳际。

我一定要再见到她，那个叫曲西的姑娘，那个康巴女孩。

后来，我问自己，我是怎么爱上她的？

是第一眼就为她迷醉？是看到她害羞地从街道上拾起一片残破的经文，用石头压好？还是她从拖拉机上突然跳下来，摘下几个酸得不能入口的小野果，说是答应给朋友带个礼物？还是那次钥匙丢在屋里，她不待我扛来梯子，就爬上二楼窗台，优美地攀在栏杆上？

如果那天，我走错了一个方向，机缘错过，我会遇见另一个姑娘吗？

或者，更早之前，在我认识她以前，内心就已经知道，有一天，会有一片优美的绿杨，垂下枝条，让我系上远扬的心马[一]？

这就是前世今生的宿命吧。

我从来不是个聪明的孩子。

大学的时候，本该努力学习和谈恋爱，我却认为那不是生活，至少不是真正的生活。

我疯狂地热爱麦绥莱勒的木刻《我的忏悔》，并把所有的笔画都记在心底。他木刻里的主人公，俯瞰火车，跳过小溪，卷起袖子干活儿，走上矿山远眺，骑马奔驰，在树下读书，夜半痛饮，时而快乐，时而痛苦，时而温柔，时而沉思。最后走进森林躺下，渐渐腐朽，变成枯骨，却依然起身对着阳光跳舞。

[一] 心马，佛教语，指心。谓心动如奔马，故称。

现在，一条自由的道路似乎敞开了，那是我的道路，就在曲西的窗台下。我的心灵像是弓弦崩断时射出的箭，热烈地、迫不及待地跃进未来，绝不回头，我只有追随。

可我是谁？我怎么敢创造自己的命运，或将自己放逐？

你们说得对。我确实是书生意气，确实是太不现实；我确实是一厢情愿，确实是异想天开，确实是不见黄河不死心。

可我宁愿做铁锤，而不做铁钉；宁愿做森林，而不做大道。

我宁愿亲手劈柴，亲手喂马，亲身流汗，不管是面向大海还是面向高山，不管花开或不开。我要用布满老茧的手紧紧握住我的人生。这才是我的生活，这才是自由。

这次我会狠狠梦一场，这次我的心不会妥协。感谢所有的劝说和牵挂，我背不动告诫，我带不走牵挂，我把这些留在身后，两手空无一物。

眼前是无尽的宽广大路，是海浪一样翻卷而来的青藏高原。

我的心已经上路。它在夜里满怀激情地翻越着无尽的山脊，要在星空下找到自己。

喇嘛罗桑

猫粪事件

哭嫁的新娘

突然之间你就要出嫁，从此你要在他家的青稞田里劳作；要为他家的炉灶添牛粪，要在他家的佛堂里点酥油灯了。

喇嘛罗桑

初次见到罗桑,还是在两年前。一个胖大的喇嘛,穿着黄色无袖僧衣,袒露着两条鲁智深般的胳膊,稳稳地盘腿坐在藏茶桌前,目光坚定而温和,显然是见过世面的人。我们喝茶聊天,他开玩笑似的指着家里端茶的女人说:"这些女人啊,像牦牛一样笨。你不管说什么,她们都只会说'哞'。"我觉得这样讲实在太无礼,所以担心得不说一句话。女人们自己倒是掩口大笑,喜不自胜。

罗桑说自己去过印度学习佛法,然后极其坚定地用浓郁的印度口音对我说:"Good friends!"然后无论我用英语说什么,他都坦然地用"Yes"回答,然后哈哈大笑。这样的英语口语,比我说的藏语还拙劣。

罗桑有一个喇嘛朋友,英语比他稍微强一些,这个朋友的记账本，居然是用歪歪扭扭的英文混合优美的藏文书法来记账的。例如，餐饮收支，统统写入"EAT"条目。若在街上遇见我，他老远就扬起胳膊："How are you！"我只好用英文回应。我们在周围藏族大汉们崇拜而好奇的目光中握手言欢，大汉们捧着松茸和虫草的老婆也围了过来。在醉人的松茸香味中，我和喇嘛用不到二十个英文单词交流感受。

这里大概是全世界海拔最高的英语角。

"Where are you going now？"我说。

"Welcome, friend."罗桑回答。

"Thank you, so what are you doing here？"

"Ah, yes, you like Litang？Or not？"

"I love Li Tang."

"Oh？love？"

还是这个罗桑，晚上我们同睡一室。他神秘地对我说："你先睡吧，我打坐，不用睡的。"我遵命睡觉。半夜醒来，四周漆黑一片中，回荡着他悠长的鼾声。

他就是这么个轻松活泼的喇嘛，十二岁出家，已经做喇嘛二十年，其中有十四年都在西藏苦修佛法，并获得了崇高的格西学位[一]。

[一] 藏传佛教格鲁派寺院的学位。喇嘛按顺序学完必修的经典后，可以考取不同等级的格西学位，以后即可任札仓（僧学院）或中小寺院的堪布（最高主持人）。

现在他在理塘寺有僧籍，在扎嘎神山下还负责管理一个小型闭关修行院。寺庙在半山腰俯瞰着草原，他享受着村民的敬重。不过大部分时间他都住在藏坝乡。那是茫茫草原上的一个小村子，村里牦牛比人多得多。他和父母以及姐妹们一大家人住在一间修了一半的两层藏居里，经堂的大玻璃窗正对着茫茫草原，床头堆着藏文佛经、诗集和他的铁禅杖。

"我要闭关三年！"有一次他突然对我说，肥胖的双脚伸到床前，目光依然看着村庄里歪歪扭扭的木头栅栏和烂泥地，"等我出来的时候，胡子长长，头发长长，你肯定不认识我了。"

他有很多时间在汉地讲习和化缘，许多地方有他的弟子辈。长此以往，他的习惯也五花八门了。他爱喝咖啡，爱喝普洱茶，说句大不敬的话，如果和尚可以饮酒，他也许会爱上威士忌。我们端着咖啡聊天，他说起二十年前到拉萨去学习的故事。那时他和同伴身上一共有四百元钱，还没到拉萨，就只剩四元了。他们每人吃了一碗面条，还剩两元，就全部奉献给了大昭寺的释迦牟尼佛十二岁等身佛像。剩下的旅程，就全靠化缘了。

我问他在拉萨的生活如何。他笑着说，他俩虽然穷到一文不名，却还能在肮脏的客车上一路高歌，不知道为什么那么快活。咖啡热气腾腾，我们仿佛不是身在酥油飘香的草原高城，而是在拉萨的甜茶馆中。

我趁机问了他一些问题，例如，只有一笔钱，他会用来重新铺设残损的路面还是来修寺庙？罗桑说，寺庙，因为路面残损，只是难走些而已。那么，在修寺庙和架桥梁之间呢？罗桑说，桥梁，因为桥梁可以挽救生命。

我又接着问，如果我无意中拾到一粒不明情况的种子，播到土里，长出来的，有可能是青稞，也有可能是罂粟。如果不幸长出了罂粟，那我是做了恶业①吗？罗桑说，是，虽是无意造成，但也是恶业。他问我怎么看众生平等，我说那当然是很美好的，可是我做不到。他说："没错，我也做不到。"我们这样无穷无尽地聊着……其实罗桑现在正在忙的事，是给扎嘎神山下的小寺庙扎嘎寺周围修建白塔。目前修建费用靠化缘已经得到了，白塔的地基也已经修好，正在等许可修建的批文。这事让他等得焦心。我趁机问他："以后会不会想化缘修一个自己的寺庙？"他笑着说："也许吧，等白塔修好了再说。"

我若无其事地问："罗桑，曲西这个名字是什么意思？"

罗桑："曲，是佛经的意思；西，我也不知道，信仰佛法的意思吧。"我觉得他在逗我玩。

两年前，我曾经问曲西，以后最想做什么。

两年前的曲西想了想，幽幽地说，做尼姑也不错，不用干活儿，还很干净。

我惊得哑口无言，无端害怕起来。

---

① 恶业是佛教术语。恶业有十种，不善则恶，是十善业的反面。即一杀生，二偷盗，三邪淫，四妄语，五两舌，六恶口，七绮语，八贪欲，九瞋恚，十邪见。

飞鸟有时会落到地面上来，喇嘛有时也会还俗。

我曾见过一些还俗的年轻喇嘛，满眼是兴奋，新买的衣服穿在身上，还有些畏手缩脚，心却已经跃跃欲试地站在红尘边。几年之后，很难看出他们还曾出过家。

我也曾见过还俗多年的汉子，又重新出家做了喇嘛，安静地走过烈日下铁砧般滚烫的庭院。还有的人并没有再次出家，却在饭后，拿出佛经诵念，回忆寺庙里的黄昏。

我问罗桑，喇嘛也有害怕的事情吗？他说，有，他怕死，但怕的并不是死时的痛苦，而是不断轮回转世的痛苦。我笑着说，我也怕死，倒不是怕轮回，而是觉得很多事情还没有做。若是汉族的和尚，也许会用"一切有为法，如梦幻泡影，如露亦如电"来开导我，不过罗桑没有劝我，只是开心地往咖啡里加糖，无论从什么事情里他都能找到乐趣。

我又问："对你的亲戚家人，你是希望他们得到俗世的幸福呢，还是希望他们得到解脱？"他说："那当然是得解脱好了。"我又问："世人都得解脱，谁来供养喇嘛？"他大笑着说："世人都得解脱了，还要喇嘛干什么？"

我不由感叹教育之功。二十年的苦学完全改变了这个牧民之子的命运和形象。我常看着他黝黑的方脸，回忆我在理塘街上见过的和他长得相似的人，遐想他若不出家，该是个什么样子：是不是也一样戴着西部帽，穿着褪色的皮夹克，头上编着辫子，缠着白银和八珠，大步开走。我也问过他本人这个问题,他说:"啊,那我一定是已经结婚了,还有几个孩子,每天苦恼着去哪里打工吧,不会像现在这么快乐。"

他现在确实快乐。

去草原耍坝子①的时候,只见他一马当先开着拖拉机,载着锅碗瓢盆、土豆洋葱等全部家当开向草原。其中最显眼的就是他自己那张装饰华美的藏床,他要放在帐篷的最中间。第一碗茶、第一碗饭,总是由他长头发的漂亮妹妹献给他,即便客人来了,也只能屈居下座——这是他的特殊地位。罗桑在黎明和黄昏时打开经书,快活流利地诵读一段,有时候对着我口若悬河地用藏语念经,对牛弹琴一般,然后心满意足地拍手结束。

他可以随意走进草原上的帐篷。如果我提议要骑马,他就去草原上马匹最好的人家,给我牵一头快活的肥母马来。

他认识这里所有的人,拉锯的木匠、弹曼陀林的音乐家、拾牛粪的主妇,等等。任何人都对他尊敬有加。

只有一个人例外。

罗桑晚饭吃得正开心,挥舞饭勺要添饭的时候,这个人就在一旁快活地冷嘲热讽:"这是你第一次自己盛饭吧?"

---

① 耍坝子是川西高原人的传统习俗,当地群众都穿上喜欢的民族服饰,带上帐篷、炊具、食物等欢聚在草原上。

罗桑就讪讪地笑。因为喇嘛的尊贵地位，所以一般是家中的女人代为盛饭的。

喇嘛的这位奇妙的朋友，瘦得精干，像个道士。他是个汉族人，叫正龙。此人贵州籍，高中毕业，年将四十，迄今未婚，以打小零工为业，走遍了西南各省。现在莫名其妙来到了理塘，就在藏坝乡上以打石头为业。

最奇妙的是，正龙居然是大喇嘛罗桑的朋友。他在藏区，坚决不吃牦牛肉，不喝酥油茶，不吃糌粑，并对这些食物嗤之以鼻，而且直言不讳。这就足可以见他的顽固了。虽然此人这些习惯比喇嘛还清苦，但是在精神上却和喇嘛大异其趣，是死硬的无神论者，而且其信心之坚定，绝不下于喇嘛对佛教。听他们聊天，是我一大乐事。但是旁边的藏族女人们，听这个汉人说出如此大不敬的话，都吓得直吐舌头，不敢出声。

他们的谈话，大体是这样的。

喇嘛："你知道吗？有一次，我在毛娅草原上看到空行母⊖了。"

正龙："真的？你仔细看看，是不是看到我了？"（做展翅飞行状）

喇嘛："你这个人，只能看到自己碗里的一点点，其他什么都看不到。"

⊖ 空行母，梵音译为"荼吉尼"（DAKINI），意为在空中行走之人。空行母是一种女性神祇，她有大力，可于空中飞行，故名。在藏传佛教的密宗中，空行母代表智慧与慈悲的女神。

正龙:"我就是看不惯你吹牛,吓唬别人。他们不懂,我懂,你吓唬不了我。"

喇嘛:"哎呀,你这个人,啥子都不信了。"

我又和罗桑争辩灵魂的有无,他说:"有了父亲和母亲,就有了你吗?有了土壤就会长出树吗?"他举起强壮的胳膊,指着天空,"还有一个东西,从天而降,这才有了你。父亲母亲,像是土壤,这个东西,就是种子。"

他的手指缓缓地滑落,仿佛比拟着一颗细小的雨滴从天而降。

正龙在旁边说:"遗传基因,遗传基因你晓得不,喇嘛?"

我们三个人来自天涯不同角落,在这里无边无际地乱说。夜色空明,罗桑看见了空行母,正龙看见了恒星,而夜是我的兄长,将我拥入怀中。

在藏坝乡的草原上,我靠在罗桑的拖拉机上无端惆怅。因为罗桑和我在青稞田边救起的一只灰鸽子,放在帐篷里养伤,居然被野猫给咬死了。罗桑叹息着说这是果报,不过我还是心情不好。正龙也坐着,他刚刚打完石头下来,还是那身宽松到不合身的运动服,上面满是灰尘。

暮色将草原的金边一点点啃掉。我问正龙为什么不结婚,若在理塘或者云南安个家,就不会如此孤独。他哈哈大笑说:"你不知道,我之所以漂,就是因为害怕有个家。"

我说:"我想的不同,家就是薄暮时分,坐在自家的苹果树下,看着自己的梦想长大开花，长成了千枝万叶，长满了累累果实，直到薄暮变成黄昏，黄昏变成黑夜。"

他幽幽地说："没想到你还这么想家。"

正龙告诉我，以前在云南做木匠，他徒步绕了泸沽湖；来理塘的时候，他还顺便徒步翻越了高黎贡山，四天翻越四座雪山，看到满山的杜鹃花。

我不知道他看着南方的群山在想什么。是在想故乡吗？有些东西，他从未告诉过我。

他抬起头，高额骨，小胡子，像是个道士，满眼是孤寂旅行中的雪与花。

烈日下的草原发出酒香，我们争论着，一路踩过，去河边洗澡。

罗桑说："我和你说，你要多吃糌粑和酥油，念想糌粑和酥油的功德。"

正龙说："对对，我明天就去山上打乌鸡吃。"

罗桑说："你自己不敬，得了很重的病，你自己还不知道，你要落入恶道轮回，我们有几千年见不到你了。"

金色的日光照耀着蜂蜜一样的河流。罗桑将绛红的僧衣挂在灌木上，小心翼翼踏进冰冷的河流——藏族人对水有敬畏感；而正龙已经跳进水里，夸张地拼命扑腾，像一条瘦骨嶙峋的黑鱼。

两个无神论者和一个大喇嘛，一起卧在水底冰凉的砂石上，一时感觉自己身在三千年前的古印度。

白天，我和喇嘛们坐在草地上，不厌其烦地拍摄小伙子们赛马和姑娘们跳舞。有时候我们会信步走进附近的牧场帐篷，来上一碗新鲜的牦牛奶。晚上，夜风呼啸的时候，是最梦幻的时刻，星星如初生的水珠，斜斜地缀满黑夜的长袍。我，孤独的正龙，还有喇嘛们，聊一些不着边际的话题。

我说："你们知道吗，这里所见到的星星，每一颗都有名字。甚至那些看不见的也有。"

"这个，不可能的吧。嘎玛㈠，就是星星，是数不清的。智慧，是为了解脱和幸福，不是为了数星星啊。"一位汉语最好的喇嘛说。

我对正龙说："在理塘这里，总让我想起古代。我想，明朝人就是这个样子吧。"

"哪里是明朝，起码是唐朝。"正龙笑着说。

喇嘛们也彼此说着热乎乎的藏语，看着我们笑。

现在换喇嘛说了。

"你知道有贪嗔痴三毒吗？贪嗔痴是痛苦的源头。"

"我知道的。有了眷恋，这就是贪；贪而得不到，就会嗔；嗔之后，继续贪念，继续嗔怒，这就是痴了。"

"说得对。"

"我即便能戒除贪念和嗔怒，可是若连我的痴念也一并割舍，我还是我吗？"

㈠ 藏语"星星"的意思。

酥油茶凉了,马铃依稀入梦,飘来的莫非是所思念的少女的发香?

我离开藏坝乡的日子到了,罗桑挠了一会儿头,自言自语道:"送你什么好呢?"他最后在我的脖子上套了一个金刚桥,"金刚,藏语叫多吉,意思是不变,坚定。"

正龙在高高的山坡上看着我,并不下来,没有笑容。我过去问他要电话号码,他决然地摆摆手,说:"不用了,我很快就要离开理塘,在山上也没有信号。"

我沿着小河走到公路边,回头远眺吉祥的草原,帐篷如朵朵白莲花盛开在草原上。天空突然黑了,今天居然是日全食。大群乌鸦惊慌着飞起来,汉子们怪叫着,对着消失的太阳挥舞着胳膊。远处,法螺和鼓声也响了起来。所有的藏居和帐篷,都黯淡在昏黄的天空下,一瞬间,好像回到了松赞干布时代的又一个黄昏。

我一边走,一边叉开双臂,像是一只大鸟,跟着大叫:"啊呵呵呵——"

猫粪事件

我刚到理塘时,在寒冷的黎明,经常在半睡半醒间,听见曲西的妈妈隔着好几重木板墙喊女儿起床。第一声,曲西呼呼大睡;第二声,曲西迷迷糊糊,猫一样回答得有气无力,这就更激怒了她的妈妈。于是有力的脚步声和斥责声从天而降,这下曲西不得不起床了。

后来我发现,曲西的妈妈是让她给我这个家里唯一的汉人去买早点,他们自己则早上吃糌粑。我连忙比画着向她妈妈解释,我早已习惯了,并且深深地爱上了糌粑。我还拙劣地演示我的抓糌粑技巧,结果当然是抓得满地糌粑,还失手把一块我同样深爱的酥油块掉到了地上。

曲西的妈妈笑吟吟地赞赏了我对藏式早餐的热爱,但是曲西还是得继续起来去给我买早点。

我因此忧心忡忡。

我把闹钟定到了她的起床时间,但是她起得总比我快。她睡在走廊里,我怀疑她总是穿好外套睡觉的。我冲出门时,总是看到她已经买好早点回来了。只见她一个人瑟瑟地走在冬天霜冻的路面上,手里提着一串包子,垂着大眼睛,翘着嘴唇,若有所思。

我于是把闹钟再提前半小时,并且买了一辆二手破自行车。第二天,当曲西裹着小棉袄准备出门时,我已经擎着热气腾腾的豆浆回来了。她抬起眼好奇地看了看,轻声嘀咕了一句什么。我问:"你说什么?"她说:"没什么。"

曲西现在可以享受一小会儿懒觉了,我得意地想。

渐渐地,理塘卖早点的小摊子我已经熟到可以享受白金会员待遇——可以赊账了。不过选择不多,包子、油条、豆浆,有时候还有炸糯米丸子。

而且,我发现我起得越来越早。那时候,曲西还睡在走廊里自己的床上,我轻手轻脚地起来,打开房门,可总是会吵醒她。我开门时总发现她已经紧紧裹上了军大衣,坐在被子里,头发上插着把梳子,垂在肩膀一边,手里捧着本卷边的不知什么书,很尴尬地对我一笑,睫毛扑闪。

阿爸泽仁还在梳头,仔细地缠英雄结。刚从奶奶被窝里钻出来的曲西的侄子们,赤条条的,热气腾腾的,像小猴子一样扑到我脸上,为了抢心爱的豆浆大哭大闹。抢到最后的结果是,总会有一个失败的孩子气急败坏地把豆浆打翻。

我吃完早饭,要对着雪山坐很久,理塘的第一缕霞光才会蒸腾而起。

今天也是如此。不过今天是星期六,我们要去扎嘎神山采蘑菇。吉普车里挤进去十一二个人,以及两瓶酥油茶,一摞锅盔。我的怀里还抱着曲西的毛绒大白熊,因为她突然觉得,既然是熊,就该到山上晒晒太阳。

扎嘎神山离理塘县城大约有三十公里。车开得很猛,音乐放得很响,后座上挤满了女人和孩子,一路上都是没完没了的颠簸和欢笑。我们找了个平坦的山间草地,躺在"白熊"身边,喝了许多酥油茶,然后就进山采蘑菇,留下白熊独自躺在锅盔和茶瓶间享受太阳。

原始森林潮湿而阴暗,我走在曲西的身后,在硕大的松果、腐烂的树叶和光斑之中找蘑菇,我的眼睛渐渐花了。曲西突然说:"你听,鸟叫。"我确实听到了清脆婉转的鸟叫声。曲西说:"既然你起来得早,录下来当闹钟吧。"我赶紧用湿漉漉的、沾满黑泥和树叶的手去掏手机,可是总找不到在哪里设置录音。

我还在不断尝试。

曲西走远了。

鸟还在叫。

林子湿润,树皮湿漉漉的,我跟在曲西后面,看着她细长的脖颈和深色的脚踝。

"你,过去嘛。"曲西有些不高兴了。于是我就跑去和曲西的一个八岁的表妹编成一组。这个满头卷毛的丫头是我见过最有责任心、最有控制欲、组织力、最具经济头脑的藏族姑娘。

"要是捡到虫草哦,一个卖三十;要是捡到松茸,我们就到街上去卖。"她兴高采烈,眼明手快,不放过任何一丛草。我下定决心,以后我要和曲西在理塘过日子,让她做顾问。

越向上走,林子越阴暗。这么矮的小山,居然让我累得上气不接下气,看来还是氧气不太够。隐约能听见林子深处亲戚们在叫喊,好像是有狗,让大家小心。

我坐在树背后休息。不远处,曲西突然露出头来。她背着小背篓,环视了一周,小绒线帽底下的大眼睛里看不出任何表情,又似乎有些窘迫。她愣了一会儿,然后喊:

"喂——喂——喂——"

声音不高,她微微闭起眼睛——这是她经典的窘迫表情,似乎这让她很尴尬。

我当然知道这是在喊我,也许她是怕我失踪。不知为什么,她发现了我对她的居心之后,就再也不喊我的名字了,仿佛这个名字很吓人。在亲戚面前,她喊我"汉族的";在我面前,就喊"喂"或者"哎"。

比如,哎,你去不去喇嘛寺哦?

又或者,喂,你不要抬水哦,我去。

我赶紧跌跌撞撞从草丛里爬出来,看着她苗条的身材,问:"我在这儿,怎么了?"

"哦。"她低下头继续采蘑菇去了,毫无道理可说。

我把手套递给她,她头也不抬,拼命摇头。我说:"不是戴的,是垫在你肩膀下面的,背篓很重吧。"

"走哦,走哦,一个虫草三十块。"卷毛妹妹从后面督促着,我和曲西又分别钻进湿漉漉的林子里。

下午我们回到家,吃到了新鲜的酥油烤蘑菇。我躺在自己的床头,继续发呆。可我床头总闻着有一股臭味。我让曲西过来闻。她闻了闻,说确实有。

这是为什么呢?

曲西咬着指头思考之后,低调而果断地说:"是猫,猫在床下拉屎了。"

她又说:"我的床边好像也有。"于是我也应邀去闻了闻,果然,好像也有。

然后这姑娘就不安了,拿了条长棍,蹲在自己床边,棍子伸进床下又捅又敲。

然后她闷闷地说:"猫屎干了,黏在地板上,铲不掉了。"

我赶紧俯身下去,掀开垂下来的床单去看。

曲西大吃一惊,连声叫着"不用了"来阻止我,但她又不敢拽住我。所以,已经来不及了,我已经知道了为什么她不想让我看。床下堆放着全家人不穿的鞋子和孩子随手扔进去的东西,还有我送的礼物的残骸,例如半只狗熊拖鞋、水晶球残片,乱糟糟的,落满了灰尘。

我并不理会曲西不断让我起来的忠告,伏在这个康巴人家宽大的木头地板上,绕过重重鞋子,一举铲下了地板上两块顽固的猫粪,清了出来。我把棍子交给尴尬、害羞得直低头的曲西,走进自己的房间。我侧耳倾听,曲西在走廊里安静了一会儿,我仿佛看见她在埋怨地看着那些鞋。然后,我听见她叹了口气,开始一双一双地收拾自己床下乱糟糟的鞋子。

我拼命憋着,不笑出来,心里暖融融的。

你知道吗?我以后要在你家里养一只小小的、黑鼻子的边境牧羊犬,每天拼命拼命地追流浪猫,流浪猫就拼命拼命地逃,再也不敢在你的床下留下猫粪。

你是个普通的康巴姑娘。

我爱你。

哭嫁的新娘

德巫乡是曲西妈妈的家乡,距离理塘四十公里。

德巫乡的土登已经多次邀请我去德巫玩,还逼着我发了康巴人的誓言,具体做法是:将唾沫吐在大拇指上,两个人将大拇指贴在一起。

这次是真要去了,因为德巫乡有人要结婚。阿爸泽仁别的话没有,就嘱咐了我两点:不要多喝酒,不要多给钱。对儿子次仁,另外还叮嘱了许多,例如买些虫草什么的。

德巫乡很宁静,土登骑着摩托,带我去看了硫黄味很重的温泉,几个半大小伙子没羞没臊地泡在里面,露出黝黑的胸肋。据说那水很奇妙,一边冷,一边热。

然后我们还看了村里的白塔。四壁的佛像已经被烟熏火燎得啥也看不出来。石堆上堆放着许多牦牛的头骨,被雨水淋得雪白,慢慢酥化;很久以前挂上去的哈达已经破碎成了丝缕。旁边是这些牛生前徜徉过的青稞田,偌大的、粗犷的六字真言石刻,躺在牛角中间。经筒上的铁签慢悠悠地击中铜铃,声音清脆。我们的背后,就是一模一样的、错落的藏居。

"德巫乡就是这样了,不好耍哦。"土登有些不好意思地说。然后他好像又想起了什么,指指一边的高山,"那是理塘的方向。"他又想了想,转了身,指指另一侧的高山,"那是木里县的方向,据说到那里要骑马走两天。"他又指指脚下的一小块草坪,"这是我们耍坝子的地方。"

德巫乡就是这样了。

曲西的妈妈曾经感叹地和我说,她年轻的时候,就在德巫乡。那时候她和曲西一样漂亮,后来到了二十七岁,不知为什么就胖起来了。她比画着自己的腰身说:"脸……大……其拉古热(怎么说来着)?"

措姆嫂子正好在旁边,想了想,终于想起了正确的词:"胖。"她俩兴高采烈地捏着牦牛肉包子。

我一面听土登介绍,一面想着许多年前那个沉默能干的姑娘的模样。儿女们都有和她一样的深邃而充满了同情心的眼睛。

等到我们真的无处可去时,土登把我带到了热腾腾的婚宴现场,也就是新娘家里,然后就不管我了。这里热气腾腾,高朋满座,我却一个人也不认识，显然也没有人认识我。面前的牛肚、瓜子、猪头肉、饼干已经堆得像小山一样高，客人们随时来，随时吃，随时走，一夜不停。铁打的菜点流水的客，这才是真正的流水席。

耕地时并肩协作的黑脸庄稼汉子们团团坐，大吃大嚼，唱歌祝酒，以撑死拉倒的姿态扫荡一切食物。在座的还有一位喇嘛，他在乡下办了个佛学院，正在口若悬河地讲佛法，演示学院的照片。汉子们边吃边听，努力不分心。

女人们则在厨房和走廊里忙个不停，席地而坐，捏着拳头大的包子，和经过的男人们开不荤不素的玩笑，把自己乐得前仰后合。有时她们也规规矩矩地走进来，提着茶壶续满酥油茶，或是端来热包子。

偶尔有一两次，大妈们领着少女们羞答答地进来唱歌祝酒，少女们全都把脑袋埋在大妈的后背上，闷声唱歌，只能看见好几条黑油油的辫子垂在红底金花的藏袍上。被祝酒的男人们反倒不好意思起来，宽阔的黑脸庞似笑非笑。父兄在座，即便最顽劣的小伙子也不敢造次。

藏居尽管阔大，依然被挤得满满当当。我怀疑半个德巫乡的人都来了，也就是说，半个德巫乡的人都是亲戚。

主人递给我一把刀，我拿起一块煮熟的牛腿，慢条斯理地吃起来。因为听不懂别人的话，就越吃越专心致志，简直是心无旁骛，物我两忘。有人来祝酒，我就举起酒杯，不管是啤酒还是青稞酒。不过我喜欢青稞酒，那酒滚热，而且浑浊浓香之外还飘着青稞粒，连喝带嚼，滋味无穷。

正厅的炉灶前绘有两盆硕大的龙珠草，直通天井。天井坐着一位管账的喇嘛，清高自若，收到亲戚朋友们的礼金，就用工整的藏文记一笔，以备此家以后还礼。我也献上礼金。喇嘛沉思了半天，在广泛征询了群众的意见之后，果断地在本子上写下了"记者"二字。

然后，终于有了我认识的人——土登的妈妈来了，人们尊敬地称她为"阿西"。全村的人基本都是她的晚辈，可能还有不少人是她接生的。于是人们都站了起来，阿西执意要坐到我旁边，并心疼地挑了一块最大的牛肉给我。

老人家真是老了。那最大的牛肉块，之所以没有人吃掉，当然是因为那是最硬的。

大家都在等待天亮。

新娘和她的密友们今夜照例守在闺房里，度过闺中最后一夜。对藏族姑娘而言，婚前和婚后的差别是很大的。少女可以谈恋爱耍朋友，但一旦出嫁，脱下嫁衣，就要庄重成熟起来，接过全家的繁重家务，贤淑持重，敬奉三宝。这个变化是巨大的，我不知道这种心理的变化，是一夜之间发生的，还是早有准备。

这神圣的闺房在哪儿，我不知道。曲西的一个表哥走过来，神秘地指给我看一扇紧闭的大门，说："你，去拍哦。"

门推开，我的脚踩上了一层厚厚的地毯——不，不是地毯，是厚厚的一层瓜子壳。

房间很小，堡垒射击孔般的窗户面向黑暗的田野，五六个姑娘坐在床上，嗑着瓜子。她们无一例外地梳着粗黑的马尾辫，一样的金耳环闪闪发光。我不知道谁是新娘，只听说是德巫乡的第二美女。

空气一时间有些凝固。然后，姑娘们突然异口同声地尖叫："啊！！！"

新娘已经把脑袋钻进了被子里。她的朋友，即德巫乡所谓的第一美女，算是见过大世面的，腼腆地端坐着，大方地看着我，一副处变不惊的样子，脸却已涨得通红。

刚才指导我的小伙子出现了，摇晃着肩膀，笑嘻嘻地摇着手指，把我拉出来说："你没有规矩。"到了外面又说，"拍到了吗？我看看。"

厨房里蒸汽轰然冲出，又一笼包子好了。时间已经是深夜，让人感觉这是一场漫长的夜间电影，而不像是结婚。

这么通宵吃了一夜。黎明时分，新郎家的迎亲人马来了。

绿油油的田野上腼腆地开来一辆很小的吉普车，车里很艰难地塞进一个胖大的康巴汉子。他困难地从车里挤出来——身披崭新的金花藏袍，更华丽的外衣扎在腰间；胸前挂着硕长的金项链；发辫盘在头顶，插着偌大的珊瑚；身着洁白的马裤，脚蹬金边高底的马靴；握惯锄头的手里，横按着挂在腰间的藏刀——摇摇摆摆地走进新娘家的院子。

这是有规矩的：持刀时，一定要缓慢地迈八字步，腆肚子，威严地左右晃动肩膀，摆出张飞一样华丽的架势。这样才能显示康巴汉子的威武。

不过，这个康巴汉子并不威武，甚至还有些可笑。他的墨镜有些歪了，汗水从他宽大的黑额头上不断淌下来。他歪着嘴角，紧张地笑着。身边的村民也没完没了地笑着。这可能是新郎的舅舅吧，新郎的父亲是不能出席的。在他后面还跟着两个年轻的汉子，也是一样的打扮，一样摇晃的步伐，一样拘谨的神态。我不知道哪个是新郎，他们就好像三团酥油，紧张地流进了冷水里。

这农家小院已经人山人海，他们若是把宝剑拔出来，小院子定要被撑得爆开了。新娘的舅舅挺不好意思地出来迎接——这是个瘦高的大个子，头发披散着，随意地披着衬衣。舅舅对舅舅，一时无话。

屋门口放了三只水桶，水上漂着酥油，盖着哈达，桶上放着柏枝。三个少女，统一穿着黑色皮衣，不好意思地站在水桶后面。

那新郎的舅舅走到水桶面前，开始念念有词。我想他心里一定在想，可不能忘词啊，这么多人，太羞人了。他每念几句，旁边的人就大声应和，但也有不少人仅仅是哼哼。然后，他竟真的忘词了。他仰着头，不知道是在想词，还是在酝酿一个喷嚏，看不清他墨镜下的眼珠是不是在转。威严的大脸更僵硬了，似乎在不知惭愧地等待别人给他提词。四周的笑声越来越大了，汗水从他粗大的发辫上滚流下来。

好不容易想起来，念完了，这位舅舅赶紧拿起柏枝，蘸水向那三个少女身上洒去。水从少女油黑的刘海上滴下来，少女乌黑的眼珠滴溜溜地转着。她们都是十六七岁，眼看也要到出嫁的年纪了。也许围观的人群中，正有她们中意的人，姑娘因而紧张地抬起眼睛。

我一个劲儿瞎想曲西舅舅的模样。她倒确是有两个舅舅的。

康巴汉子们照例按着宝剑，迈步上楼，开始吃流水席了。新娘的舅舅让人给迎亲的三个汉子端上了人参果，于是汉子们终于放下宝剑，敞开衣襟，恢复了农夫的本色。康巴汉子的髭须和憨厚的表情引起了很多人的兴趣，甚至有人伸手去拉他们的胡须，以验明真假。

我赶紧问一个朋友，刚刚那忘词的康巴汉子念的是什么。对方回答说："听不懂，反正是藏族的规矩。"我又问那三个少女代表什么，答案是："不知道，三个少女可能临时代表仙女吧。"闹哄哄的祝酒声中，新娘的闺房门突然打开了，一个穿着金红色藏袍的女子，戴着大串珊瑚项链，头顶盘着精致的发辫，系着金嘎乌的腰带，凄哀地痛哭着，气息奄奄，看样子已经哭了很久，被两个女子搀扶着虚弱无力地走了出来。

这位当然就是新娘。哭嫁就此开始。

新娘被搀扶着进了正厅，向舅舅和家族的长辈告别。她的两只手畏缩地从绣了金边的礼服中伸出来，无力地耷拉在沉甸甸如盘子般大的金嘎乌盒旁。搀扶她的两位女子同样穿着华美的、硬邦邦的礼服，紧紧握住她的手，也流着眼泪。

男人们看着，杯子举在手里，也都不笑了，表情突然变得凝重和有点哀伤。

端着牦牛肉包子的大妈刚嬉笑着进来，笑容还没有消失，嘴唇就开始哆嗦。

那个昨天唆使我的小伙子又凑过来说："快哭，我们都要哭的，这是规矩，你又没有规矩了。"我说："你怎么不哭？"他说："我马上就要哭了，你看，你看，你看着我哭不出来。哎呀你真没规矩。"

新娘哭得哀哀婉婉，鞠躬退出，告别了客人和亲戚后，又去客厅辞行。所有的藏居都彼此相似，和曲西家里一样，这间较小的客厅，是全家人每天吃饭和睡觉的地方，是新娘打水的地方，是阿妈煮酥油茶的地方。这里就是她的家。

家里人已经围坐在火炉边，做好了准备。老人在最里面摇着转经筒，旁边围着女人们，新娘的哥哥闷着头向炉子里丢干牛粪。

新娘一走进这扇熟悉的门，立刻悲声大作。整间屋子顿时陷入一片号啕。所有的女人，不管是不是这个姑娘的至亲，都在用力大哭。她们倚在彼此的肩头痛哭，捂着脸哭，抖着肩膀乱哭，扶着柱子哭，泪如雨下，满脸通红，抽抽噎噎。然而就在一分钟前，嘻嘻哈哈、你推我搡的，也是她们。孩子们被吓得乱哭，还有些女人是新郎家的亲戚，也跟着哭。

老人一边摇着转经筒，一边抖着干瘪的嘴唇擦泪。悲声中，新娘的哥哥——不能给妹妹送亲的哥哥，低头坐在角落里，呆呆盯着自家的炉火。他正没头没脑地向里面丢干牛粪，突然一甩头，我看到他用手胡乱去抹脸，鹰钩鼻尖垂着泪滴。

我们一起长大，在一个碗里抢过糌粑，我打过你，你骂过我。突然之间你就长大了，你就沉默了；突然之间你就要出嫁，从此你要在他家的青稞田里劳作，要为他家的炉灶添牛粪，要在他家的佛龛下点酥油灯了。

新娘本人哭得快要昏厥了。她坐在地上，手指紧紧抠着门框，就是不肯离开。坚强的伴娘，满脸是泪，终于掰开她的手指，架着她下楼上车去了。

生离死别啊。我被深深地震撼，问曲西的表哥："这姑娘要嫁多远啊？"

表哥擦擦红通通的眼睛，说："唉，伤心哦，就在河对岸哦，两家是邻居。"

眼见新娘的车子发动了，除了她的自家人还在抹眼泪，不能相送（理塘的规矩，新娘的直系亲属一般不来送亲），全村的男人和女人们都擦干眼泪，咧开笑脸，大步冲向溪对岸的新郎家。汽车、摩托车、马、人交织在一起，小小的德巫人声鼎沸。我一边跑一边问旁边的小伙子："这姑娘多少岁了？"

"你说新娘啊，我也不晓得，十六、十七、十八岁吧。"

"她是怎么认识新郎的？"

"都是一个村的，是父母介绍的。"

"你们这是自己找，还是父母说了算啊？"

"哪有自己找的，都是父母说了算。"

"怪不得哭哦。"

"你不懂，不是这么回事。哭是我们这里的规矩，哭得越伤心，说明越孝顺。她还不算凶的，说明她还是想嫁人。有的姑娘哭得要几个人才能拉得出去。"

我们跑到新郎家的时候，新娘已经被人扶着站在新郎家的楼梯门口了。这次护送她的，也是三个康巴汉子，一样地按着宝剑，一样的窘迫表情，不过已经换成了她的舅舅和表兄了。

在进门前，还有喇嘛要在楼梯口，托着净水瓶和青稞碗，低声念一段经文。此时新娘已经不哭了，低着头，任凭抛撒的青稞粒落在她精致的发辫上。

她的面前，是丈夫家高高的台阶，昏暗地通向客厅，眺望着同样的青稞田。

后来我查到有一首藏地的婚礼赞歌，是如此唱的：

麦粒包在麦壳里，清风让它们分离；金子混在沙子里，清水让它们分离；姑娘在阿妈的心坎里，狠心的媒人让她们分离。

第二天我在村间走着，准备回理塘。路上又遇见了新娘，她挽着头发，刚从河边洗衣服回来，胳膊冻得发红，围裙上湿漉漉的。

她大方地笑着，对我说："到我家去吃饭哦。"她指着自己的婆家，坦然又自豪。

阿爸泽仁
三千公里
祈福

我又转过头去，看着身后这条路，它终于停止了。咆哮了三千公里，穿过中国温暖的腹地，沉默地走进高原，翻越大山，越过激流，现在终于静静地停在这扇开着格桑花的小窗下。

阿爸泽仁

阿爸泽仁把头发剪了,原本还盘着康巴人的英雄结,现在则是乱蓬蓬的长头发。

他醒来了,歪在枕头上想心事,直到妻子端过来一碗放了糌粑的酥油茶。他缓缓转着碗,吃完了糌粑。起身时有些困难,因为昨晚酒喝得有点多,阿爸泽仁的胃不好。

他披上外衣。之前,每天早上他都仔细地把粗黑的头发裹着红丝绳盘好,别在脑后一个白色的环上,红色的绳头勇猛地垂在耳边。现在省却了,他只用戴上西部帽,再就着藏铁炉烤烤手,就能起身去理塘街上开始今天例行的虫草买卖。

天刚刚亮,学生们也同样上学去。草原刮着冰冷的风,许多脚踩在雪融化的泥土上。

我走在泽仁身边,去看他做生意。我身高一米七六,但是泽仁实在是异乎寻常地高大过我许多,也很有魅力。我曾经带路遇的一个来自英国的小伙子去曲西家里吃饭,坐在高大的室内,看着满屋子高大的康巴汉子,他指着泽仁由衷地对我说:"But, they are so tall!"

泽仁以前在木拉乡下务农,还是生产队队长。他给我乐呵呵地描述收获青稞后,他组织全队跳锅庄⊖的事。理塘就是他的家乡,他对理塘就像对自己的巴掌一样了解。高原上的什么活计他都做过,打猎、挖金、伐木、采蘑菇。我在曲西家的影集里找到一张他的老照片,那还是20世纪90年代,照片颜色有些泛黄,他头上缠着英雄结,一支猎枪背在高大的身上好像个玩具。他有些惊慌又好奇地面对照相机咧嘴笑,高大的身子像棵树一样略略倾斜。

他给我看这张照片时,还兴高采烈地比画怎么伏在草坡上打黄羊,嘴上笑着,眯起一只眼睛,另一只眼里是老猎手的冷峻。

不过,泽仁很少谈起自己的过去。现在他是个做得不错的商人,爱喝酒,爱打牌,更爱谈自己对今后的伟大构想,比如要在理塘街上弄一套房子开门面或者开旅馆等。他能说出每一栋房子的大致价格。而且他设想的东西,多半都会去做。

大约七年前,泽仁还是住在木拉乡的一个农民,春天挖虫草,夏天跳舞,秋天收青稞。后来泽仁做出了一个大胆的决定,也许是他这

⊖ 藏语意为圆圈歌舞,是藏族三大民间舞蹈之一。跳锅庄时,男女各排半圆拉手成圈,一问一答,反复对唱,无乐器伴奏。

辈子最伟大的决定：全家抛下在木拉乡的老房子和青稞田，搬到理塘，一心一意做生意。那时候，虫草价格正在暴涨。

当时虫草生意正在走向鼎盛，几家人合股，再加上汉地的一些老板，到处都是机遇。他们下到各乡甚至远到乡城和那曲去收购虫草，再去成都卖掉，手头常有三四十万块钱的周转。

眼下正是买卖虫草的季节，他和儿子次仁，黎明出门，经常半夜才能回来，满身都是山的气味。

次仁要继承家里做生意的事业，虽然还只是个小伙子，却经常遭受阿爸泽仁和阿妈拉姆的双重责骂：虫草价格买高了，去喝酒了，去打台球了，不够勤快，虫草根数数错了，等等。骂得他玩心全无。罗桑喇嘛有一次对我说，从喇嘛的观点看，次仁和曲西兄妹俩整天想着怎么玩得开心，这才是真正有智慧、真正快乐的人。

有时候，我看次仁挨骂不忍心，就陪着他一起数满箩筐的那几百根虫草，可惜我们都数错了。然后，阿妈拉姆痛心疾首地把我们两个不会数数的东西一顿痛骂。

有次我们偷偷跑出去吃包子，次仁满嘴的包子味，难过地对我说："啊呀，做生意嘛，太难了，我正儿八经做不来。"

我也不知道在理塘做生意难不难，理塘本地除了牧产品、虫草、药材之外基本没有其他产出。这里几乎所有的消费品都来自五湖四海：卫藏拉萨的哈达、布料和饰品，康区德格和甘孜的小手工艺品和经书，成都的零食和衣服，印度的鼻烟、藏红花和奶茶，广东的山寨手机……做生意的人也来自五湖四海，不过总是以四川汉族人、青海回族人以及本地藏族人为多。

运费的问题，价格一概都偏高。除了一些硬如铁蛋的酸苹果，本地甚至不产水果，这里西瓜的价格高出内地三倍以上。我曾经买了一只小芒果，十元钱，实在是舍不得吃，就给了曲西。曲西和自己的母亲一样，大气磅礴，是不屑于这种讨好的，于是顺手又给了她二哥。二哥克珠连皮吃了几口，皱着眉头把芒果给扔了。"好难吃，苦得很。"他由衷地说，摊开双手表示自己真是吃苦了，难以理解我为什么给他吃这个。

这里的手工业主要是做藏装的裁缝铺和金银匠铺子，它们要为偌大的理塘县众多的藏族农牧民，以及康巴南部最大的寺庙长青春科尔寺服务。藏装铺子灯光昏暗，空间狭小，裁缝坐在缝纫机旁忙个不停，布料的气味沉沉压在头顶，柜台里是无数假珊瑚珠子、假天珠、铜纽扣，看得人眼花缭乱。华丽的藏装仿佛幕布一样挂在裁缝后面。

这些裁缝都有极好的耐心，是传统的藏族手艺人，他们笑眯眯地，一道一道地给藏装缝花边。理塘是高寒牧区，这里的藏装没有拉萨街头的丝绸藏袍那么飘逸大气，这里更推崇厚重的藏袍，不过也不似安多地区的藏袍那样沉稳凝重，康巴人与生俱来对奢华、华丽的爱好，让这里的藏装别有特点。

跳舞和结婚等正式场合穿着的藏装，以花样繁复的布料制成，有金银绣边的衬衣，女人会配上同样华丽的裙子；男人是藏袍或者白色马裤，再穿上长筒靴子。这还没完，男人在外面还要披一件挺括的坎肩，更为华丽，但并非是穿，而是整齐地扎在腰间。然后脖子上套护身符、珊瑚串子、金银嘎乌等，再戴上西部帽，这才算打扮完毕。

我曾经请一位老裁缝为我制作一只围脖，好给曲西的那头大熊挂上。老裁缝将花白的辫子盘在头顶上，撇着鹰钩鼻子，琢磨半天，居然给围脖制了一个花式复杂的藏式纽结。

许多裁缝租的铺子，都是理塘寺活佛或者寺庙的门面。大活佛和大寺庙，都是理塘街上的大房东。当房东就是泽仁的理想：在理塘街上买一套房子，下面租给人家，上面一家人开开心心地住，那时候就"钱多多的有了"。那时候，他要把这份生意交给儿子次仁，自己就不用再这么辛苦地去做虫草生意了，可以打打牌，转转寺庙。

他还想以后下到四川平原去住。理塘的海拔太高，冬天甚至让他也很受不了。

有一次酒喝多了，他笑着对我说："我死后，请喇嘛念经的钱都已经存好了。"

我听了觉得很难过。

我们走到了街上，初升的阳光如刀锋般刺眼，理塘正在醒来，到处是猛烈的吐痰声和擤鼻涕声。街道两边已经挤满了商人，这里是一个很有规模的街头虫草集市，而且自有其制度。一大早，往往是采虫草的藏族人和藏族商人之间最先交易。前一天采集的虫草新鲜上市，很有股票市场开市的意思。打着英雄结的焦虑的康巴汉子，戴着西部帽的商人，在放虫草的竹篾匾前挤挤挨挨。要到太阳完全出来了，甚至到下午,戴着草帽的回族商人和戴着棒球帽的汉族商人,才会不约而同加入市场。

卖家和买家,简单几句交谈后,就彼此伸出手去,或者在某一方的袖子里,或者在虫草匾的掩护下,用手势谈价格。后来次仁教过我:拇指除外,食指、中指、无名指和小指,捏住几根手指就是几,例如四指全捏,就是四或者四十、四百、四万;那八呢?次仁握住我的四根手指,又轻轻旋转了一下,表示乘以二;九就是十减一,先表示十,然后再去捏食指,表示减一。我掌握了这种奇妙的方法。

一般由买家以手势开价,卖家不同意,重新握手,开出自己的价格。双方嘴上不言不语,微笑着,其实在袖筒里争论激烈。如果不成交,那就再见。如果成交,买家大摇其头,表现出一副出了高价的沉重样;卖家也是旗鼓相当,满脸亏本的懊恼。然后,成交双方到路边,马上开始清点虫草。

虫草有大有小,最大的有五厘米长以上,号称"大哥大",三点五厘米以上的都称"大哥",那之下的就是"小哥"了。价格可以天差地别,"大哥"的价格,往年曾高达八十元一根,今年则跌落到四十元以下;"小哥"的价格,则甚至到了十元一根也无人问津。当然,当日的交易行情,一般是平稳的,但也有时候波动剧烈,爆炒"大哥"。一切都非常近似股市。

虫草有去泥晒干的,也有未去泥的。如果是昨天新鲜出土的虫草,当然就未去泥,仿佛一条条滚满黑泥的小虫,露出细长的芽杆。

许多人手里的虫草，只有几十根、十多根，甚至几根。有些采虫草的康巴老人，首如飞蓬，捏着小袋，里面只有一两根虫草，显然是急等着钱用，刚刚从采虫草的高山上下来的。那虫草既瘦且小，再滚泥巴也没用，乏人问津。过来看的人或者嘲笑虫草之小，或者开出极低的价格，老人转来转去，护身符沉重地扯着脖子，焦虑得紫黑嘴唇一张一合。

我曾经困惑于虫草为何不以重量，而是以根计算。其实，来这里一看就明白了。不仅大小虫草之间价格差得很远，而且若是以净重计算，就会有人拼命在虫草上滚泥土。即便以根计，也有可以捣鬼的地方，比如把断根的虫草用竹签接起来，再滚上泥土，外观上毫无不同。有许多妇女，就在一边堂而皇之地做着这类工作，然后直接把滚好的虫草丢进匾里。安能辨我断未断？

泽仁在远处看着儿子次仁在人群中举着装虫草的小盒穿梭出入，自己神闲气定，一副庄家气度。一会儿，就见次仁捏着钞票惴惴不安地向他走来，此时太阳已经升起很高了，照得他脸庞金灿灿的。泽仁嗅了口鼻烟，准备好好骂儿子一顿。

泽仁是威严的家长，儿子和女儿经常被骂得闷声不响。小孙子降措或曲巴要是淘气，老猎手泽仁随意一瞄他们光秃秃的大脑袋，扔出个卫生纸卷或者枕头，十步之外能砸得他们歪歪倒倒。对我则不然，我经常给他带葡萄酒来，我们都爱喝酒。

但是当家人，按照古老的康巴传统，当然还是阿妈拉姆。她若是发怒，整栋石头和木材搭建的宏大屋子都会在她的怒吼中嗡嗡作响。

我和泽仁坐在角落里闷声喝酒，阿妈拉姆有时候不让泽仁喝酒，他也就不敢喝了。他对我说："我们家胖子（阿妈拉姆比较胖），不让喝。"

今天早晨交易的主要内容是大虫草，要不是和大虫草混起来卖，小虫草基本上卖不出去。从经济学上说，虫草初级交易市场可以视为一个自由竞争的市场，人们在市场中转几圈，就对价格有了整体的把握。而且许多虫草收购者在低价购得后，马上就把买到的虫草扔进自己的箩筐里，紧接着再寻找买家，争取变现。所以许多商人是集采集者、收购者和出售者于一身的。他们在交易前，会经过充分的讨论，而且是在人群中公开地讨论，其结果是，虫草的价格极其敏锐，瞬息万变。

正因为大部分买卖者都是本地的商人，收购和出售多半是为了迅速获得差价，并且每天采到的虫草也是有限的，不过是在商人之间短期内过几个转手，所以这个高城上的虫草市场，非常类似股票市场，而且其消息比股票市场更灵通。例如，很可能一个手持满箩筐大虫草的卖家出现，就会改变市场的价格。

要想挣钱，就不得不博弈。常常是几个亲友合资购入，分头销售，或者看准采集者急着变现的心理，便十根二十根地少量多次购买，以谋求低价。也有人专门跑去阿甲沟的虫草采集营地，直接购买第一手的虫草。不过更多的是，从中间商手上大笔购买。最后，他们筐里的虫草渐渐多了起来，于是就在那儿一遍又一遍地清点价值数十万的虫草。次仁所做的，就是从中间商手中大批吃进虫草。他认为今年虫草价格会涨,所以都吃进压货。

我们每天说虫草,每天数虫草,一家人的生活都围绕着虫草。

采虫草的季节总共五六十天。整个理塘县,采虫草的人在每一片积雪的山头和摇摇欲坠的巨石上仔细搜索,头发散乱,衣襟冷湿,鞋上泥泞,眼神期待。而在整个甘孜州,几乎每个县的人都在为虫草奔忙,海拔最高的几个县,街面为之一空。所有的车,突然都布满雪泥,载着围着厚厚的头巾和戴着口罩的众人,出征一样前往高山营地。街上偶尔有几个人,也是一脸疲惫,包着头巾,摇摇晃晃,紧紧攥着个小塑料口袋。那就是采虫草下来的人,满身的雪山气息和希望神色。

虫草卖完之后,理塘街上会突然地火爆一阵,人们大盖房子,大买东西,人人喜气洋洋,家家雄心勃勃,一直到赛马节结束。这都是拜虫草所赐。

有天次仁回来,费力地和我交流了半天,我才终于明白。他有个亲戚,在山上因为采一根大虫草和人发生争执,被藏刀捅死了,现在停在寺庙里。他这就要去送行。

曾经带着我上贡嘎山的向导老彭,对贡嘎山熟悉到如同对自己的婆娘,也在采虫草时,被落石砸死了。

这类消息不绝于耳。争斗本是土司时代康巴人生活中不朽的主题,古代康巴人曾认为,只有能守住的,才是你的;只要能抢来的,就是我的。现在,这种古老的道德观隐约和虫草相关了。救人的药材,却要了人的性命。

采集者—收购者—中间商—汉地的商人，这就是虫草的利益链条，它创造了理塘界面的繁荣局面，据说千万富翁也已经出现了。这些年甘孜州的经济一片繁荣，首府康定日渐繁华起来，牦牛和出租车在霓虹灯下进退有常，渐渐可以看出康定未来的影子，竟逐渐有些像小拉萨了。高踞山顶的理塘，原本只有情歌和寺庙最出名，据说也快要通铁路了。她的未来，会是小康定吗？

过几天，阿爸泽仁就要去乡城和香格里拉收购虫草了，他将在横断山区奔波上千公里。所以几天来，泽仁一直帮着家里的女人们用水泥做擦擦，一家四代人都加入了这项活动。擦擦是泥塑的小佛像，把水泥或黄泥倒进黄铜的模子里，就成了。然后，放在屋角晾干。没多久就集起了许多。这小小的、不起眼的擦擦，居然有数千年传承的历史，是古老的佛教圣物，代表小型的佛塔。

然后，我和泽仁就去理塘寺的后山，把我们的擦擦都堆在一栋石砌或土砌的矮小屋子里，和别人的堆在一起。这个年代久远的神龛，早已堆满了泥制的擦擦，经过雨水冲刷，渐渐淹没入一旁的土地，算是回归。一个喇嘛，在白塔边从容地打开经书，开始念经。泽仁指给我看那条通向云南香格里拉的公路。

回家之后，又是漫长的黄昏。泽仁把小孙子曲巴递给我，把自己的转经筒拿过来（银质的转经筒都别在水桶上面的墙上），开始念经转经。阿妈拉姆隔着火炉坐在他对面，也取了自己的转经筒念诵。牦牛肉包子在炉火上噗噗冒着热气，墙上贴着许多家人的照片，其中也有我的，站在他们女儿的身边笑着。

我抱着曲巴的大脑袋，昏昏欲睡。

康区人家，女儿的事，是绝对不能和父兄说的，否则就是"害羞没得"。所以我来理塘，也没有对泽仁说过我的心愿。不过我想，他是知道的。

我不知道他怎么看。在一个康巴商人看来，为一个姑娘离开自己的家乡，莫名其妙地漂在理塘，数月无所事事，怀着渺茫的希望，游荡在这片高高的草原上，一定是件可笑的事，是年轻人才会做的蠢事。

虽然如此，他也不置一词，或许是认为不值得说，一切自有因缘。

年复一年，这个康巴商人也在变化，发型不过是其中之一。康巴人是不吃鱼虾的，但是泽仁最爱吃虾。他打牌的时间远远超过念经的时间，阿妈拉姆还惋惜地说，他曾经有一副木拉乡最清亮的嗓子。

在炉火边，泽仁对我说了他的很多计划，例如买房子；例如可以买一辆冷冻卡车，将新鲜的松茸和牛肝菌送到成都去；例如家里要盖曲西的房子——三层小楼，还要有洗澡的设施。阿妈拉姆抱着孩子，微笑地听他说着。

我真羡慕他的生活——住在自己亲手建造的房子里，铁炉里熊熊燃烧着自己的木柴，自己垒的厚实墙壁将寒风挡在外面，自己爱的女人在炉火边眼睛闪闪发亮，愉快地微笑。

泽仁说:"走啊,去阿甲沟,带你看看怎么挖虫草的。"

车子在草原公路上颠簸,我突然听到泽仁唱歌了。他握着方向盘,突然悠悠地唱起来,依然是仓央嘉措的情歌,却是不同的曲调。声音钻出车窗,远远地抛在空中,擦过雄鹰的羽毛,飞翔在海子山⊖的两个忧伤如眼睛的蓝色海子上。

车窗外,前往拉萨的朝圣者,衣衫褴褛,一步一拜,额头磕出了亮白的茧。

次仁说:"啊,这些人好厉害。"他问我,"你会不会磕一年头去拉萨啊?"

我没有说话。我无法拥有他们的感受。

我的布达拉宫只在拉萨,他们的布达拉宫却永远浮在眼前,一尘不染。他们已经将苦难变成朋友,将大地变成母亲。大地含糊低语,这些苦难之友互相贴紧,听到大地的声音,手心滚烫。

在大地的这个角落,我们分道扬镳,走在各自的朝圣路上,为了本世和来世的幸福。

泽仁还在悠悠地唱。他的左边,是一千六百年前文成公主和松赞干布建造的古老白塔,如刚刚露出海面的白海螺,遥遥漂浮在草原深处,没有道路可通。

⊖ 海子山,曾为冰帽覆盖,遗有大小冰蚀湖(当地称海子)1145个,故名海子山。

三千公里

曲西：

我很想对你说说我的旅途，但是我不知道如何描述。我闭上眼睛，那条漫长的路就像一条大河，无法切断，每段风景都转瞬即逝，而我只能捕捉一丝气味、一个场景。

我不知道你离开家的时候，会不会难过。我经常旅行，每次背着登山包离开家，都会担忧，好像站在游泳池边，准备跳水时的那种隐隐的担忧。离开家门一步，也就离开了千万公里。这种朦胧的忧郁，一直到火车伸入大地，飞机飞在白云之上，四面是陌生的风景；一直到打开第一瓶啤酒，听到气泡变成一口长长的气吐出来。

那时，你就真的把自己的生活甩在了身后，像马儿莫名其妙挣开了缰绳。你向自己告别了，你把自己留在身后，去拥抱未知的地平线。

我向自己的生活挥手告别，兴高采烈。身处陌生的群山之中，我却睡得特别深，呼吸悠长。生活是不是在别处，我不知道。火车筋疲力尽地扎进成都平原，我跳出火车。双流机场的地面温度23摄氏度，我走出飞机。

成都的黎明，有着槐花和火锅的香气，但我已经等不及了。我直奔新南门或者康定饭店，跳上去康定的客车，此去高原路迢迢。

脚下这条路是老朋友了。你好，我又来了，318国道。道路沿着茶马古道蜿蜒曲折，车子仿佛盛满阳光的罐头。

世界欢快地跳动，大道仰望天边。车子在石头桥上摇摇晃晃，在激奔的河流边懒懒散散。狰狞的岩壁是冰河的遗迹，遥远的山影是通向你家乡的大门，面向着另一个世界。

这条路还很漫长，可是毕竟是近了，更近了。那小小的院落，在路的终点。而你在院落中。

二郎山隧道，传奇的老川藏公路像个养路的老工人，危险而沉默地歪在隧道一边，等着在那一头的隧道口和我重新会合。二郎山宽阔的脊背遮断了雨云，路边向日葵花怒放，灰尘发光，拖拉机加速，小狗狂奔，大渡河滚滚。白云像摊开的羊毛毯一样争先恐后地爬过山顶，栽着跟头滚下二郎山。

世界好像从头到脚洗了个澡，天地间汇集了所有的光，一切都放大了几倍。初来的旅行者睁大了眼睛，阳光射进了心里。车上一位胖喇嘛伸开胳膊，呵呵地笑道："到家了，到家了！"

我在车上，却又已经在理塘。我走在那条磕长头转寺的路上，从理塘寺的后山,绕过玛尼堆,沿着寺庙的围墙。白塔压着红漆的木板屋檐,斜斜地铺到哈戈村的深处。

康定河日夜不停地怒吼,在石头上撞得如同大捆旧哈达。康定还在河谷的深处,那里到处是人,在雷鸣的河水声中,我们没完没了地在康定狭窄的街道上走啊,走啊。我站在将军桥头,要是你在这儿,你也会和我一样呆呆地看康定河水吗?我的手里还握着刚刚在街头拾到的一只小狗熊布娃娃,它穿着花裙子,现在很有礼貌地保持沉默,和我一同看着河水。它背后还写着"Me too"。这个发音,非常像藏文的"梅朵"——一般都是漂亮姑娘的名字。

是啊,梅朵小熊,我们都在畅想。我闭上眼睛,沐浴在理塘城金色的阳光下,草原的风酸溜溜的,干牛粪和日光暴晒下藏袍的气味暖融融地四处泛滥,庭院里淋湿的木材礼貌地依次深呼吸。

阿日第一千次地把自己折腾得满身土,曲巴贴在大玻璃上,挤出满脸口水。

干燥的车轮没完没了地碾压草原,折多山下新都桥和塔公的高寒草原公路,烟尘滚滚,仿若自豪地呐喊般把我们的车子像筛麦子一样摇晃。我每冒险喝一口热茶,都要被撞得洒满一身。旁边坐着的大哥被颠得直结巴,还乐呵呵地说:"你又——又——又——洗脸——脸——脸了。"全车人的脑袋发疯一样乱晃,兴高采烈地谩骂。

窗外的滚滚灰尘中,蓬头垢面的康巴小伙子骑着摩托,猛冲过去。厚氆氇藏袍拖沓地走在街上，牛粪烟满屋顶乱爬，狗懒洋洋摊开爪子，阿妈步履蹒跚走向白塔。任何人彼此都是熟人，这才是你的家乡啊。

你经过这里的时候，是不是也被颠得说不出话，咯咯乱笑？

我隐约听到理塘白塔公园的经筒吱吱嘎嘎，白杨树叶翻飞作响，小喇嘛压低咳嗽端着酥油茶壶急匆匆跑进经堂，还有风儿吹动你的发梢。

高尔寺山口经幡飞舞，一条山路像长绳一样软软地抛向山下。白塔已经被雨淋得倒塌了一半，车上的人都裹紧衣服下来，解手，掏出电话，在飘忽不定的山风里寻找信号，牦牛沉默地走过。"喂，喂，喂，啊，听不见，我在山顶，我下午到理塘，喂，喂……"他们大喊。你哥哥的电话通了，我也大喊："对，我在高尔寺山上，喂，喂，对，下午到。"

理塘的街头，我踢着布满沙石的街道。银匠坐在木头墩子上，干枯的头发让熔金的烟熏得像枯草，一双干燥粗大的手在日光中有力地敲打着精美繁复的法器盒上龙的爪子，烟熏火燎。一条小路，尽头是绿绿的草原。这就是通向你家的路。

过了高尔寺山，就是雅江县城，那城市壁虎般贴着高山。距离你还有一百四十公里，四个小时的山路。从此处告别狭长的山谷，只在高山之巅的草原飞旋了。

好像走过了阴暗的走廊，高山变成宽广的海洋，阳光如远古的洪水泛滥。

车子在雅江县城曲折的街道上停下,全家人出门来。爷爷抱着一个三四岁的小喇嘛上车,要去拉萨了,也许很久不会回来了。车子要开了,再见了,和奶奶说再见。奶奶扶着门,按着胸口哭,爷爷喃喃念起了经。阳光像牛奶飘过身边,我的电话突然响了,是你细弱到几乎听不见的、像风吹杨树叶的声音:"你到哪里了?"我说:"我到雅江了,再过一个下午,就到理塘了。""哦。"你说,然后沉默了,挂了电话。

"你去哪里?"你说。

"我去走一走。"我说。

"哦。"

我走过理塘中学,走过永远摆着大块儿酥油的酥油店,走过邛崃饭店。老板拍拍围裙:"你又来了?"走过绿杨树下的烧烤摊子,老人家正将土豆下锅:"今天吃点啥子?"走过自行车铺,老板紧锁眉头:"你的车又坏了?"走过卖马鞍子的甘肃人的铺子,小伙计拍着手说:"你还没走?"

我闭着眼睛,闻着气味就知道自己到了哪里:蘑菇气味和诵经声是菜市场,浓烈红花气味是寺庙开的店铺。太小了,这个县城,简直可以放在手掌中。

车子翻上四千八百米的卡子拉山,便再没有低于四千米的地方。大地像熊一样沉睡,山谷像蒲扇一样展开,谷间黑潮一样泛起大片的杉林，天边的白云好像卷了边的银箔，忧郁地燃烧。

有旅行者惊呼："啊，鹰。"我瞥了一眼影子，就知道那不过是一只肥大的乌鸦。鹰飞得远比这高得多。

车子又爬上山头，我做好了准备——理塘，久违了。满车的人还莫名其妙，不知道理塘即将给他们一个惊喜。理塘，藏语的意思是铜镜一样的草原。

越过一个插箭⊖处，远方就是一片草原，理塘城安静地躺在草原上沉思。第一次来的人，总会发出一声惊呼："从没有见过这样的小城啊。"草原上的城，这么安宁地晒在日光下，好像随意撒下的一把青稞粒，彼此低语着，遥遥眺望群山。

游客们惊叹着，继续远去。我站在理塘街头，登山包满是灰尘，脸上满是灰尘。我大步走过那银匠，龙爪已经快要雕完，紧紧地揪抓着银片。

我向右拐，通向你家的路就在我面前。我三千公里的旅途，只剩下最后三十米了。我已经看到你家的姨妈，在水井边费劲儿地洗着厚衣服。

昨天半夜，我在你家门口四面漏风、摇摇欲坠的小茅房里边解手边发愣。在这里白天能看到远远的山峦，黑猪和狗会从厕所下的河沟里钻过去；夜里能看到灿烂的星河，我就这么仰着头成四十五度，看着星星，第一次知道了那星带为什么叫作银河，确实是一条乳白的星

⊖ 插箭，是一项祭神活动。插箭的程序有备物、煨桑、插箭、扬"隆达"、赛马等项。通过插箭活动，藏族人民祈求山神除灾灭祸，人畜平安。

河，纺锤一样横在夜空中。我突然觉得这厕所真美好，又可惜这么多星星只有我能享受。我对着星空，呼出淡淡的酒气。

星星的寿命有几十亿年，我能这样看着它们，真是件美好的事情。

我踢着砂石和水渍，走过那两三口水井。这条道路已经平静下来，不再刀刃一样发烫，也不再跳动。它在我耳边低语，轻轻地笑着，向我告别："我们过段日子再见。"然后从此沉默，稳稳地托着我走最后的几步路。突然，我的脚下一沉，路消失了，你家的门稳稳地托住我的脚。

你的小侄子降措，大喊着"嗖嗖"（叔叔）冲过来。

你看到我了，你躲着我的 DV 镜头，笑着跑到我身后，拉住降措，走进门去。

我也该进去了，可是我又转过头去，看着身后的这条路，它终于停止了。咆哮了三千多公里，穿过中国温暖的腹地，沉默地走进高原，翻越大山，越过激流，现在终于静静地停在这扇开着格桑花的小窗下。

世上的道路密集，如同佛的掌纹，怎么才能找到自己的路？其实不用找，这路和我已经气息相连，脉搏相通，它就像是我手持的一茎莲杆。

我看着你的背影消失在走廊中，我看见你的身影消失在车子后面，消失在理塘的黑暗中。

我在这里，也在路上。

祈福

现在,也许是因为家里人最近纷纷生病,曲西家今天决定做一次法事。

请来的喇嘛是乡下寺庙的,是曲西家的亲戚,据说卦算得很准,好像还欠曲西家一些钱。曲西一家从乡下搬到城里,也不过是六七年前的事。

我看着一个有着厚厚的嘴唇、戴着厚厚的茶色眼镜、穿着厚毛衣的喇嘛耐心地把他捏了一个上午的糌粑塔沾上白色的酥油花,整齐地排成一排,最高的塔上还涂上血红的颜色。他把这些奇妙的糌粑塔小心翼翼地端起来,放进曲西家的佛堂,整齐地放在佛龛前。

佛堂是曲西家装饰最精美也是最洁净的一间屋子。一面墙上是彩绘精妙的木板，镂空出大小格子，里面放的都是黄绫包裹的经书。四周则高悬唐卡以及各大活佛的照片。曲西的二哥克珠是长青春科尔寺（又称理塘寺）的喇嘛，这里也是他住的地方。这里的门通常是不开的，钥匙牢牢悬在曲西妈妈的腰际。全家的虫草贝母、金银首饰等贵重物品，也都放在这里。曲西的妈妈阿妈拉姆，在一边起劲儿地擦拭佛前供的小铜碗。这些铜碗，依次排开放在四周的墙边，几乎围了小小的佛堂一周，而且全部装满了水。

喇嘛搬来一张茶桌，茫然地看看我。我也茫然地看看他。

待茶桌上围好一圈装水的铜碗，曲西的妈妈便端来一盆大米，只见喇嘛捧起大米，几下堆在桌子中间，塑成一张大手。

曲西在一边不置可否，索然无味地看着。我悄悄走过去问她这是什么意思，她漠然地说："反正就是避邪求平安吧。"我觉得再问下去，她也不知道，或者觉得不值得说了。

喇嘛还捏了一个神色茫然，瞪着双眼的小人儿。那小人儿戴着帽子，披了一条哈达，稳坐在盘子里，四周都是青稞粒。他的脚下，放的是几块搓好的糌粑，里面各自揉进了全家每个人刚才从衣服上扯下的一根线。我理解这些糌粑代表的是家中的每一个人。我很想问问那小人儿究竟象征好人还是恶人，因为我说不出那种表情，是玄远还是懵懂。而曲西已经去井边提水了。

酥油灯也点上了。

一番折腾之后，我们都退到门口，喇嘛可以开始做法事了。

他从角落里取出一只牛皮鼓，用绳子悬吊起来，放在自己的右手边，然后脱了鞋坐上床去。在他面前的茶桌上放的是：一把酥油茶壶，一个倒满水的茶碗，一只摇铃，一个净瓶，一只形状优美的法器和一叠经书。

他清了清嗓子，透过厚厚的茶色眼镜又茫然地看看我。我也又茫然地看着他，举起了DV。只见他向后略一仰头，从喉头发出一声金属般的低音："啊——"

后面的就是顿挫有力的经文了。一波一波的诵经声，时而迅疾，时而缓慢，时而还夹杂着咳嗽和咽口水的声音，向门口目瞪口呆的我袭来。念经时，他还在适当的时候，从净瓶里拔出孔雀羽毛，向四周洒净水；左手优美地挥舞法器，最后又合十在掌心里——仿佛在召唤半空中的什么人。喇嘛随着诵经的重读处，有力地振铃；同时一边前仰后合，一边看着我。我不知道，他是在看看我，还是穿透了我，看着不知名的远处。

那个小铜手铃，我在街上见过，很喜欢，本想买来。结果老板说："你又不是喇嘛，买了做什么？"现在我终于看见它在喇嘛的手里，伴随着诵经的节奏，欢快地奏响了。我揣测，诵经时摇动手铃，能让渐渐迟钝的意识警醒起来，这样可以让喇嘛更能入禅定，也能让发音更加清越。

我看了好久。站累了，刚走出门，就听见鼓声大作，诵经声更高了。喇嘛们诵经是经过训练的，发音的清晰度和力度都很到位。

诵经大约在两个小时后结束，但是法事还没完。全家人走进经堂，站在喇嘛面前。喇嘛挨个儿问话，然后又加重语气，指导似的说了不少，厚眼镜里满是郑重。全家人都在点头。

我心中莫名其妙地担忧起来。这次全家人的感冒都不轻，只有我每天生龙活虎地满城乱跑，张牙舞爪，而且不拜佛求神。莫非，我是这一切的罪魁祸首吗？或是冥冥之中的因果，我是恶业的源头？还是我对家中女儿曲西的想法，造成了不净呢？若真是这样，我宁愿被大狗阿日咬进医院，也不愿让曲西默不作声地发烧，大眼睛里满是忧郁，更不愿让全家都是此起彼伏的咳嗽声。

我赶紧问曲西，喇嘛说了什么。

曲西简单地说："就是祝平安。"

她的大哥次仁好心地解释说："喇嘛在算卦。刚才对我说，我在采虫草的时候，穿了别人的衣服。那个人不好，衣服不净，所以让我以后不要再穿了。"

我问："算得准吗？"

次仁说："准。我知道那个人是谁，我不会再穿他的衣服了。"

我更忧虑了，我和次仁身材相仿，经常穿彼此的衣服。我甚至开始考虑，如果喇嘛说我是那个不好的人，我是该马上打包走人呢，还是该去寺庙祈福消灾？

很快全家人都退了出来，牦牛肉包子端上来，喇嘛开始吃饭了。我悄悄问曲西的妈妈："这样的一次法事要多少钱？"阿妈笑着说："随便，随便。"后来我打听出来，家里给了五十元。听朋友说，做法事的报酬确实是看家庭情况的，富的多给，穷的少给，甚至可以不给，喇嘛不太介意。一年总要念那么一两次经的,这是喇嘛重要的生活来源。

我满心忧郁地坐在阿日身边,喇嘛的念经声和鼓声还在我耳边回响。我又想起在郎木寺的那个黄昏,我饥肠辘辘地坐在寺庙的大经堂前,听到经堂里最后面的大喇嘛发出的金石一般锋利的喉音和最前面的小喇嘛有口无心的呀呀念经声相映成趣。黄昏和黑夜扭打在一起,牛马为之驻足。人们走上了回家的旅途,我的心随风飘去。

那次,老喇嘛对我说:"你祈愿勇敢和智慧,哦,这个愿望很大嘛。"

下午,我陪着喇嘛二哥克珠扛木头时,偷偷看见曲西小声咳嗽着,不声不响自己去医院了。她的大眼睛郁郁地闪着光。

他的大哥次仁去打台球了,披着我的脏外套,飘飘扬扬。

这下我释然了,原来那个不净的人,不是我。

今天阳光灿烂,木头兴高采烈地伸懒腰。我丢给阿日一根火腿肠,心里说:我不走了,你也快点好起来吧。

牧场的月亮
水井边的曲西
规矩没得

有一次,我戴上两顶帽子自得其乐。曲西过来,扑闪着睫毛看着地面,翘着嘴小声说:"我们这里的规矩,不能戴两顶帽子,否则转世的时候,会变成两个头的怪物。"

规矩没得

晚饭前,天晴了,我跑出去玩。结果晚饭时,阿妈拉姆认真地和我说:"你刚才跟谁也不说,就跑出门去,和牦牛一样,没规矩。"她摊开厚大的双手,说明我这个行为和牦牛没有区别。

我羞愧之余,感觉自己真是一头脏兮兮的牦牛,扭着双角,伸开蹄子,坐在曲西家的客厅里喝茶吃饭。

"没规矩"或者"害羞没得",这话我似曾相识。我在理塘的车马村曾观看过一场陌生人的婚礼——我挤在人潮中,在陌生人的婚宴中大吃大喝,许多人来敬酒唱歌,于是我喝了不少,晃晃悠悠出来,被人群中围观的曲西的二哥发现,他大为吃惊地说:"啊呀,你真是害羞没得。"

这是第几次被人说没规矩,或者"害羞没得"了?只有和你真正熟悉以及亲热的人，还有长辈，才会出此忠言。于是我决定写张条子，写下所有康巴人认为没规矩的行为，日日诵念，以免再犯。于是我很规矩地拿出一张整洁的纸，认真地写下。

日常生活方面的没规矩和"害羞没得"行为表：

1. 做客时，不彬彬有礼地在茶桌边坐下，而是摸摸小狗，嗅嗅鲜花；

2. 在茶桌边坐下，但坐姿不正，东倒西歪；

3. 坐姿很端正，但当有喇嘛在时，大大咧咧坐在上座；

4. 坐姿和位置都完美无缺，但居然拒绝喝茶（我曾经因为刚喝过茶太饱而拒绝喝茶，伤害了女主人的自尊心）；

5. 喝茶喝到一半，突然愣神发呆（我因为这个习惯被说过很多次）；

6. 主人请吃饭，居然没有推辞；

7. 吃饭时，大吃大喝，不拘小节；

8. 吃饭时，坚持要和大妈们坐在一起，自以为尊重女性；

9. 长辈不喝酒，主人不喝酒时，自斟自饮（德国有谚语说，猪才一个人喝酒）；

10. 大家都在喝酒，别人来唱歌祝酒时，歌还没唱完，你就先干为敬了；

11. 当漂亮姑娘羞答答地来祝酒时，盯着别人看个没完（正确的礼仪应当表现出扭捏不安，顾左右而言他）。

宗教方面的没规矩行为：

1. 看到田间地头的玛尼石[一]，居然从右边绕过去，甚至跳过去；
2. 踩到人家挂的风马旗；
3. 转寺庙和转神山时，逆时针走；
4. 转经筒时，走神发愣，挡了后面人的路；
5. 在别人家佛堂，大呼小叫，乱摸乱撞；
6. 用手指佛像；
7. 用脏手去摸佛像；
8. 打搅正在读经的喇嘛，拿起他读经的摇铃乱晃。

写着写着我发现，其实我在曲西家里住久了，什么规矩也不讲了，曲西家以她妈妈为首，也泰然处之。她妈妈肯定是没有读过孔子的，却很好地把握了"远人不服，则修文德以来之"的态度。我每天乐得逍遥，捧着书和大狗阿日耳鬓厮磨，完全不顾家中客人好奇的眼神。

其实我完全读懂了他们的眼神：这个人是谁？他来这里做什么？

不过，在曲西妈妈镇定自若的态度下，大伙儿也就都释然了。

有些"害羞没得"的尺度是比较难以把握的。我曾经和朋友画匠意希到另一个画匠扎西家里去送东西。扎西的父亲请我们坐下吃糌

[一] 玛尼来自梵文佛经《六字真言经》"唵嘛呢叭咪吽"的简称，因在石头上刻有"玛尼"字样而称"玛尼石"。

粑，意希谢绝，扎西父亲再次诚恳邀请，意希再次谢绝。接着扎西的父亲转过来邀请我，我谢绝；他再邀请，我再谢绝；然后他又再邀请，于是我就坐下来了，觉得不好违了人家一片心意。意希也只好跟着我坐下来，但顺便在我耳边说："你规矩没得。"

我瞠目结舌。

意希给我解释说："不管人家邀请多少次，你都要谢绝，这才是礼貌。"

后来意希因为这个习惯吃了苦头：他到汉地去画画，别人请他留下来吃饭，他以藏式的礼貌仅仅苦苦拒绝了两次，结果就满心委屈，饿着肚子回家了。

我规规矩矩地坐在毡毯上，继续冥思苦想。对了，还有帽子。

我刚到理塘时，阿爸泽仁就给我买了一顶理塘男人人手一顶的西部毡帽，或者说牛仔帽。街上牛仔帽攒动，我看上去和理塘的康巴男人毫无区别。然后我慢慢发现，帽子是一个庄严的东西。我若不经意地将帽子放在床上，曲西的哥哥会下意识地替我放在桌上；我若帽子上沾了灰土，曲西的哥哥会下意识地替我掸掉。帽子是不能随便乱放，也不能弄脏的，帽子象征着男子汉的尊严，甚至象征着男子汉的头颅。

有一次，我戴上两顶帽子自得其乐。曲西过来，扑闪着睫毛看着地面，翘着嘴小声说："我们这里的规矩，不能戴两顶帽子，否则转世的时候，会变成两个头的怪物。"

我已经在她妈妈眼里成了没规矩的牦牛,现在更怀疑自己在曲西眼中是否已经成了怪物,所以赶紧摘下来。

但我的帽子还是渐渐残破,变脏了。我走的那天夜里,梦见它被我挂在曲西家门前的一棵树上,孤独地摇摇摆摆着。

家庭生活中的有些规矩让我困惑:藏式的大家庭里,总有孩子从父亲母亲,或爷爷奶奶辈的任何人的羊毛被窝里钻出来,满客厅乱跑,跑累了,就随便歪倒在软垫子上睡着了。因此说,孩子们没有自己的家。他们之中有些人,很小就会去做喇嘛,故而就更谈不上所谓小家了。

亲戚们常常你来我往。曲西家经常出现一些我没有见过的亲戚,他们以统一的姿态稳稳地端着酥油茶碗。曲西好像认识他们所有人,所有人也都喜欢她,特别是小伙子们。

有一次我下定决心要把亲戚关系搞清楚,请了曲西的一个表妹画图指点,她非常开心地说:"你看,曲西家爸爸的妹妹拉姆的女儿群宗的妹妹曲珍的老公是曲西家妈妈乡下的妹妹群宗的一个儿子。"

"等等,"我困惑地问,"你叫什么来着?"

"也叫群宗。"她很大方地说。

还有些规矩,甚至连藏族人自己也困惑不已。

一个小伙子垂头丧气地来找我——他和我一起啃烤鸡翅,回家被他的妈妈打了。原因是吃鸡翅,就等于吃了整只鸡。所以,他相当于随便就杀了几只鸡,这罪过是不小的。他不解,为什么汉族人的美食,到了他这里就成了罪过呢?

我在理塘住久了之后,回到汉地,看人家吃醉虾、沙丁鱼,心里也疙疙瘩瘩的。

无论如何,这些规则都要身体力行。画匠扎西是一个讲规矩的好例子,他严格遵守着藏地古典男子汉的信条。例如,他无论如何也不愿意让自己衣衫不整或鞋子肮脏地出去,身边总留着一套整洁的衣服鞋子;如果刚刚下工回来,自己身上油彩斑斓,看到认识的姑娘,他宁愿躲在柱子后面,盯着人家走过去,再出来。

他不肯在街上边走边吃东西;不愿不带分文,横行无忌,拉住别人让别人请吃饭;不愿随便坐在老人、大妈和喇嘛的身边。而这些我都乐此不疲。我和扎西在理塘街上走,像是理塘街上的阮籍和嵇康。

"嵇康"扎西还不愿和他姐姐一起逛街,因为有些兄弟不认识他姐姐,就会开玩笑说:"这是你女朋友吗?"扎西说,这时他会尴尬得要死,如果解释给朋友听,朋友也会尴尬得半死——简直是恨不得一头撞死。可我怎么想,也不觉得这个有什么可尴尬的。

不管多顽劣的孩子,都害怕严厉的父母,这也是规矩。在父母面前大呼小叫,说脏话,勾姑娘的手,简直是大逆不道。

理塘无处不是亲戚,无处不是规矩,无处不是习惯,许多礼俗,都依稀让我看到古典时代的生活。在理塘街头,除了新一代的姑娘和小伙子们,大白天绝看不到男女拉手而行的,那是绝对"害羞没得"，会被双方的父兄给打扁的。一般说来总是高大黝黑的男子走在前面，他同样高大黝黑的妻子或妹妹走在后面。

牧场姑娘进城一次不容易，她们精心盛装打扮——高高的绣花筒帽，发辫上盘着沉重的珊瑚头饰，挂着金嘎乌盒，腰上围着银元腰带——来到"大城市"理塘，不知所措地在街道上踟蹰而行。男人们大口喝茶，她们小口抿着，时刻注意着自己的仪表，注意自己的十条长辫子是否标准地垂在腰际。那贵族一般的姿态，简直是仪态万方。

旅行者们果断上前拦住，抬起巨大的相机。牧场姑娘们两手垂下来，互相靠在一起，困惑又好奇地照相合影，半天可以不说一句话。

她们的眼睛或是专注地盯着镜头，或是飞快地扫一眼自己的哥哥和阿爸。旅行者给她们看照片，她们会极其缓慢地凑过来看自己，头发后面别着的金银饰品叮当乱响。如果旅行者不给她们看照片，她们也不会要求看，反正说不了几句汉语。

等旅行者走了，她们才慢慢地走开。即使曲西和她的姐妹们，也会觉得这些古典风格的牧场美人们有些奇怪，她们还固守着已经过气的审美观。而当地城里的藏族小伙子，更喜欢汉式打扮的姑娘。

理塘没有哈韩或者哈日的风气，某些姑娘会偷偷摸摸地喜欢非主流，但是绝对不敢在父兄面前那样打扮，那是找打。理塘的姑娘一般不会披散头发，除非是刻意模仿明星，因为藏族风俗中，只有女鬼才披头散发；她们也极少剪短发，那会让人想到尼姑。

所以少女们一律梳成马尾、麻花辫，大姑娘或少妇则精美地盘起头发，一丝不乱，戴上夸张的、镶着红珊瑚和绿松石的金耳环，有些姑娘还会刺青一个印度风格的额间痣,很有古典美。

在理塘,最难,也是最大的规矩之一,就是怎么和这些姑娘们相处。

首先你要保守。在众目睽睽下,表示出亲密是不行的,暗示都不行。我曾经在赛马会上,赞美一个姑娘说:"你的邦典(围裙)很漂亮。"结果那姑娘盯着我看了一眼,马上把围裙卷起来不让我看了,然后害羞地跑开了。我慢慢反应过来,当着众人的面赞美女孩,是"害羞没得"的。正确的态度,应当是看见就行了,视而不见,私下可以和朋友说。

如果曲西不得不和我一同上街(极少),她会拉着自己的姐妹或者哥哥,甚至4岁的侄子。如果这些都没有,她会让我走在前头,自己在后面忐忑地跟着。

在这样的规矩下,男孩女孩耍朋友,不能和家里人说,更不能在人前谈论。如果要说,可以在炉火边和母亲、姐姐说,那也是极其郑重的了。至于家里的男性亲戚朋友,即便是父亲或者哥哥,也都装作不知道。因为谈论这个问题,是极其忌讳的。

如果真到了父亲和哥哥也要表态的时候,那就只有两个选择:同意结婚,或棒打鸳鸯。所以许多康巴姑娘的婚姻,特别是那些没有读过书的,完全是父母之命。

这保守、淳朴的风情另一面,就是颇为自由的男女私下来往。理塘人早婚,十九岁前纷纷结婚,二十五岁以后还不结婚几乎就是父母眼中的怪物。

我和画匠们、司机们、放牛的小伙子们谈天说地，听到、看到的故事简直让人目瞪口呆、面红耳赤。例如，草原上有的地方，小伙子带一帮朋友趁夜色来到姑娘帐篷前，朋友们负责引开狗，小伙子成功钻进帐篷就大功告成了。

我和一个牧民骑马，他千方百计劝说我去山坡上的一顶黑帐篷。他说："我们去那里吧，那里有一个女孩和她姐姐，正好两个，她家的男人不在。"理塘的朋友们，总是满心想给我介绍女朋友。

画匠们更是做到了几乎每家茶馆都有女朋友，他们对那些好奇的姑娘灌情话，没日没夜地给姑娘传彩铃、彩信，没见过世面的可怜姑娘往往就中了计。

几乎所有的小伙子都同意，耍朋友是耍朋友，结婚是结婚。姑娘们的想法我不得而知，因为和她们讨论这个问题，不是遭遇冷眼就是只能看到她们拎起围裙偷笑。

只有一次，一个汉语很好的姑娘哀叹："咋办啊，我咋办啊，我家里穷，没有嫁妆。"

我问画匠扎西："你们这里有没有殉情之类的事情？"扎西瞪大了眼睛说："啊，还有这种事？"

他们热烈地追求爱情，又勇敢地放弃；真诚地相信，又大胆地尝试。爱情不是试探，不是姿态，不是揣测，爱情只是爱情。

女孩天生的羞涩，小伙子天生的庄重，以及看似与此格格不入的风流,让我似曾相识。

整整八百年前,张生爬上崔莺莺的墙头,他唱:着人眼花缭乱口难言,魂灵儿飞在半天……小姐呵,则被你兀的不引了人意马心猿?

书中本无颜如玉,崔莺莺不是小姐,张生不是书生。小姐和书生说不出这热辣辣的话。崔莺莺该是洗菜丫头,张生正是卖水小生,一个悄悄冥冥㊀,一个絮絮答答㊁。

我,却找不到自己的位置。

不过也未必。

有一天,我照例在街上闲逛。卖东西的少女突然一把攥住了我的高仿山寨冲锋衣,专注地看着我不说话。我惊讶地回过头,心猿意马:这姑娘很可爱,发髻高高地扎着,手腕上还套着好几根皮筋。

春风拂动,人面桃花。她终于说话了:

"阿哥,这是真的哥伦比亚吗?"

㊀ 出自《西厢记》,寂静无声貌。
㊁ 出自《西厢记》,犹言唠唠叨叨。

水井边的曲西

曲西：

今天我又在水井边遇见你了。大部分时候，这根本不是遇见，你在井边洗衣服时，我会走过来走过去，尘土飞扬，仿若全世界最繁忙的人。

但这次是，我在洗脸，你提着拖把从家里走出来。看到我在，你愣愣地站在远处，眼睛看着水井，根本不看我。我走过你身边，抬起眼看你，你飞快地扫我一眼，撇着嘴，费力地提着拖把走了。我要是追着要替你拿拖把，你一定会生气的吧。

我可真不知道该怎么办才好。阳光明媚的早晨，我的烦恼就从拖把开始。

水井边，理塘的水井边，我在这里提过许多桶水。雨雪后的水格外浑浊，晴天则要排在洗衣服和洗菜的大妈和姑娘们后面。姑娘们洗衣服，是从来不抬头看人的。提水的女人，请我帮她们把沉重的水罐抬到背后，咯咯笑着，走进小巷深处。

或是一头牦牛，干渴地舔着嘴唇，等在我身后，它的犄角奇形怪状地扭着。我才知道，原来围绕着这水井，生活着这许多邻居：你家对面穷苦的老喇嘛和他可爱的小孙女坐在树下；隔壁活佛家那个小喇嘛穿着拖鞋摆弄手机；一个也叫曲西的姑娘戴着口罩来找你。

"喂，曲西？"她喊。

"哦，曲西。"你说。你们走下楼去，携手消失在阳光下。

也是在水井边，夜里我在窗前听见几个小伙子懒洋洋地走了过去，鞋子拖在沙地上"嚓嚓"作响。黑暗中，他们乱七八糟地对着你的窗口吼："曲西，想你哦，爱你哦！"然后欢呼着吹着口哨跑开了。你就在我身边上网，扬起头，看看我听见了没有。

我不但听见了，还想砸一块石头下去。不过我只好假装没听见。

还是在水井边，你提着扁担去担水，我恰好从画匠那里走出来，看见你慢慢地担着水走着，咳嗽着。你就算是骂我，我也会接过你担的水。我走上去，抓住扁担一边的绳子，想接过你的水桶，你却紧紧抓住绳子，不给我。我们尴尬地相持了两秒钟。

不知道是不是有人看见，沉重的扁担，在你肩上摇摇晃晃。

我看着你，你看着水，水里摇晃着你明亮羞涩的眼。你多美啊，不怪那些夜里喊你名字的小伙子们，谁看了会不心动呢？

他们可以在夜里欢呼你的名字，目的明确，是要和你手牵手。我则在漫长的下午，漫无目的地寻找，我能为你做些什么？

唉，这种看似空荡荡、毫无方向的迷惘，就像是倒映在水桶中的白云，在水波中挣扎。

我不知道该拿你怎么办，一站在你面前，我就大脑空白。

我试着吃你爱吃的鱼腥草，结果一败涂地，抱着脑袋到水池边干呕了半天。看你给电脑里自己的照片描眼线，我就给你买了只眼线笔，小心地放在你的桌子上。晚上回到家时，你的侄子降措扑到我怀里，他满脸画得像个印第安人，手里捏着那支只剩了笔头的眼线笔。

我们走在草原公路上，飘起了小雨。我说："来，把我的衣服披上。"你摇摇头。风更大了，我脱下外套，你还是摇头，缩在你表姐的背后。我说："你真的不要吗？"你说："你就是说五次，我还是不要。"

我还给你发笑话短信，满网络地找，先把自己乐得呵呵偷笑。两年过去，已经很难找到我没有读过的笑话了。

我多想热烈地表达我的爱，可是我所能表达的，只是提水、倒水，在水井边享受那小小的、暂时的快乐：我在为你提水。

水井满了，我的希望又空了。

我是不是该走了呢？

李白得意地写："妾发初覆额，折花门前剧。郎骑竹马来，绕床弄青梅。"我在水井边,是不是遮住了你的视线,遮住了小伙子们火辣辣的眼神呢?他们也许会在水井边和你相遇——他们不会给你提水,康巴人没这个习惯——但会迈着骏马一样的步子,甩来满不在乎的口哨,你的心便怦怦乱跳,假装生气地走上楼去。

然后他们就没日没夜地打电话,天天等在你家门口,夜里在楼下喊,白天在街上堵着你没完没了地问,唱好听的歌给你,说让人心跳的话。

然后终于有一天,你会决然而羞涩地把手给他。他就会说:"我们耍吧?"

我在理塘某一处藏居墙上,看到写得歪歪扭扭的粉笔字:"降措,卓玛,我走了,祝你们幸福——曲珍。"我看着,突然几个小丫头笑着冲出巷口,男孩子在后面不好意思地拖脚跟着。不知道,他们之中,今后有谁也会写下这些粉笔字?

也许我真的该走了吧。其实,我没有事情可做,我只是舍不得,真的舍不得。

今天是周末。白天,你背着背篓,和妈妈、侄子去上街了。

我在空荡荡的房子里走着,寻找可以做的事情。水桶是满的,我在烈日下走了一圈,又上来,水桶还是满的。

但是我还是找到了可做的事。我给你的那只大白熊好好洗了个澡,上上下下给它洗了个干净,之前它已经被孩子们玩成了灰熊,歪倒在你的床下。

它胸前有个大大的爱心，写着"I Love You"。这只熊，我从没问过它的来历，据说是你从成都一路背了过来。我抱着熊，在理塘人好奇的目光中穿过街市，去澡堂给它冲澡，又把它洗干净了晾晒在松木上。你还没有回来，我坐在熊身边，等待下午过去，等待自己告别。

熊浑身洁白，舒服地躺着，裸露着熊毛柔软的胸膛，风儿吹动它胸前的长毛，似乎一遍遍低念着——I Love You……I Love You……

牧场的月亮

山脊上遥遥出现小小的风马旗,我丢下背包喘着气,黑帐篷终于到了。

夏牧场,黑帐篷。我在318线上往来时,总是看见山脊之上,黑帐篷冒着青烟,牦牛雨点般洒满了草地。帐篷边立着一个女人,仿佛这片天地间唯一的母亲。她抱着脏脏的孩子,孤独地看着长绳般的道路一意孤行。

我们的朋友尼玛——也就是太阳的意思,在帐篷上支风马旗,迎接我。他的女人抱着脏脏的孩子,好奇地看着我们。看到我在看她,那女人不好意思地以老派的藏式礼仪打招呼,然后还吐了吐舌头。她头上缠着红丝线,紧紧地裹着银骨朵子,钻进帐篷里,伸出脑袋来一个劲儿做手势请我们进去。牛粪火的烟已经从帐篷中心的铁炉烟囱上轻轻滚了出来,我搬着发肿的腿,僵硬地走进黑帐篷。

尼玛的女人坐在帐篷最靠门的位置,在瓷碗、铝壶和脏衣服里忙得手脚并用。我是客人,藏垫已经铺好在炉灶边。我规规矩矩盘腿坐下,靠着黑漆漆的藏铁炉子,几根铝皮管将刺鼻的牛粪火引到帐外。

炉灶是整个帐篷的中心,是家的化身。高寒草原上,有热茶,有圣洁的火,就是家。尊敬炉灶是古老的传统。从西藏到蒙古,再到中亚草原,所有游牧民族莫不如此。若对灶火不敬,到哪里都是犯了大忌。

新鲜的牦牛奶已经搁在火上。尼玛的女人端着一碗热牦牛奶给我们,奶水从她黝黑的指间滴下来。帐篷里满是鲜牦牛奶的腥味。

我终于爬上这座可以远眺贡嘎雪峰的山脊,终于喝上了夏牧场的鲜牦牛奶。

尼玛在研究一台 DVD 机。他抽出藏刀,很有技巧地撬开托盘,从里面倒出一些灰尘和草梗。

"咋个回事哦。"他嘀咕着,像个诗人一样盘腿而坐,满头乱发摇着,恰似在作诗。我心中就此唤他作诗人。

我出去看尼玛的女人挤牦牛奶,这是她一天中最重要的工作。帐篷外不时传来她低低的咳嗽声。

帐篷外的草地上热气蒸腾,贡嘎山的雪峰似乎有些模糊。刚刚出生的小牛犊,前腿都用绳子很整齐地绑着,老老实实,叫也不叫,因为嘴巴都用剥干净树皮的小树枝仔细地捆好了。

不只尼玛一家，夏牧场的其他女人们也在挤牦牛奶。一个剃了光头的寡妇，光着脑袋坐在柴火堆上看着，转着经筒，看嘴形也知道是在念六字真言。她看上去心情不太好，古铜色的嘴唇撇着。

牧场生活，没有男人是艰难的，没有女人则绝对是灾难，那就等于衣服破了没有人补，没有牛粪，没有火，没有茶，甚至连灯光也没有。

牧场女人有干不完的活儿。哪怕有一件没做，也可能引起连锁反应，对这个脆弱的游牧生活循环链造成严重的影响。牛粪没有晒干，就烧不着火，一家人就只有喝腥臊的冷奶；奶没有挤足，就没有奶茶，甚至没有供应一天所需的奶酪和酥油。男人放牛回来，喝不到热茶，那女人就脸面无存了，和男人打架逃跑一样，正儿八经"害羞没得"。

所以热气腾腾的，叫男人昏昏欲睡的茶饮，正是牧场女人们的自豪。她们信守着数十个世纪以来母亲所传授的伦理和技艺，以耐心和牛粪火守护着游牧生活，守候着莽原上文化和宗教的星火。

小牦牛们挤在母亲身边，捆住的腿直趔趄，捆好的嘴则直顶母牛沉甸甸的乳房。尼玛的女人放开其中一头，它饥饿难耐地跑到母亲身下，凶猛地向上拱奶，把沉重的母牦牛拱得莫名其妙地打晃。才吃了两口，女人就拽着这头饿慌了的小牦牛的后腿，拉开它，重新给它缠上前腿。然后继续挤奶，充沛的奶水顺着指尖飘到桶内。整整几个小时，她要给数十头母牛挤奶，挤满四大桶。如果这头母牛今天挤的奶还不够，她就会放开小牛再去吸两口，引出母牛多余的奶水，然后再次将倒霉的小牛缠起,该挤的奶一定要挤完。

我想起一些牧场趣事。土耳其的游牧牧人,如果想让一头母羊接受孤儿小羊,就会蒙着母羊的脑袋让它拼命转圈,直到母羊晕头转向倒在地上,然后赶紧把孤儿小羊拉来,给它全身抹满母羊的分泌物。母羊醒过来,发现身边有头陌生的小羊,满身是自己的气味。母羊思考的结果是:原来我刚才分娩昏过去了,这是我的孩子。

至于蒙古的牧人,似乎是以歌唱和循循善诱来劝说母骆驼接受孤儿小骆驼。

我不知道藏地是怎样的,尼玛的女人又不懂汉语。她擦擦鼻涕,比画着问我要不要来试试挤奶。我想:如果我把母牛弄疼了,母牛不下奶,尼玛会不会要我赔钱?诗人尼玛不是一个好说话的人,而且他还有狗子,还有冠军小马。

我于是说,算了。

我看着她满脑袋的银骨朵子,烧得发红的脸,又隐没在了湿漉漉的牛毛中。

我又往前走,打算找个草团狠狠睡一觉,还想着该怎样得意扬扬地对曲西描述牧场的生活。不过这纯属妄想,虽然她是个藏族姑娘,但是也不会骑马。

"马哦,我还是小时候骑过。"她对骑马没有什么兴趣,当然更不会挤奶,那是牧场上的姑娘才干的。她更喜欢韩庚和崔始源。

眼角突然瞥见有团黑草急速向我滚过来,我转过身,看见两块金色的斑点,灰色的耷拉的嘴唇喷出白色的唾液,四爪腾空,一往无前。

我掉头就跑。第一次见到藏狗(或许是藏獒,我分不清),就是在这个牧场。

那是只须发怒张的小藏狗——说小,是和成年藏獒比——不过脑袋也已经像脸盆一般大了。我之所以没有看见它,是因为它伏在深草里,浑身黑黄夹杂的长毛随着牧草一样起伏。而且它开始只是缓慢地转移到我身后,切断了我回帐篷的道路。然后才突然起身,不出声地冲刺过来。它显然是来真的,一心要把我咬翻。

我连惊呼的时间都没有,脑子嗡嗡乱响:在这片广阔的草地上,最近的棍子在帐篷那边,在那只藏狗的背后。我只好掉头就跑。

幸好一个穿红汗衫的大哥突然从一堆用来引火的灌木堆背后站起身来,他刚才在里面吸鼻烟。他呵斥着,喊着这只狗的名字,甩动着两只游牧小辫,把愤怒的狗赶离。他是尼玛的亲戚。

狗远去了。我躺在灌木丛中,感觉有人在我肺里塞了棉花,然后拼命踹我的胸脯。辫子大哥好心地递来鼻烟。

狗并没有真的走远,它耐心地等在我和帐篷之间。更折磨人的是,它歪着脑袋,似乎睡着了,眼睛似闭非闭。这狗真是坏透了。

我得回帐篷去。我要从它身边逃过去,而且还不能求人。这片草原上人有尖刀,马有碗口大的蹄子,狗有牙齿,你总得拿出点勇气来,否则没多久,你连酥油茶碗都不敢拿了,上马都要人扶了。勇气丢了就找不回来了。

我从灌木堆里抽出一根粗大的木棒，深呼吸，辫子大哥饶有兴趣地吸着鼻烟看着我。我哆嗦着走在寒风中，伏在草丛里的藏狗警觉地升起了大脑袋。我举起木棍，开始加速，那只狗子暴跳如雷，再次发动冲锋。不知什么时候探出脑袋的尼玛得意地欢呼，我落荒而逃，又跳回灌木丛里。

那狗子威武地低吼着，绕场一周，又趴在原地。

辫子大哥非常开心，简直是乐不可支。他倒在柴火上，甩着两条灰色的小辫："你不知道狗恨带棍子的人吗？再你要被熬（他把咬念成熬）了，要被熬了。"

我看出来了，如果我被"熬"了，在他看来绝对是一件乐事。

我和藏狗，就这么僵持在帐篷和辫子大哥之间。

给我点时间，我就能笼络这条狗，曲西家的大狗阿日就被我拉拢了，我愤愤地想。只要有足够的时间，我也许能笼络狮子。

我终于赶在狗下嘴之前张牙舞爪地扑进了帐篷。狗无论如何不会追进帐篷里来。

诗人尼玛的黑帐篷里烟雾腾腾，我和他对坐着，牙齿拼命撕扯一块硬如牛皮的面饼，眼泪叫牛粪火熏得扑扑簌簌地掉下来。

"啊哟——眼睛——痛了。"他说，声调中带有诗的韵律。

"痛了——痛了——"我也反复咏叹。

"嘿嘿——嘿嘿。"

"嘿嘿——嘿嘿。"

天色向晚，尼玛带着我去赶牦牛。贡嘎雪山吹来刺骨的晚风，我像干草一样被吹得瑟瑟发抖，睁不开眼睛，皮肤刺痛，努力分辨身边是渐渐暗下来的草堆还是藏狗。

几十公里的草原上，各家的男人和狗都在追逐和驱赶自己的牛群。在暮色中看清自己家的牛群并不容易，不过牧民都有极好的眼神。他们的尖哨在空中彼此碰撞，落在牛群的一边；飞石准确地相互交错，落在自己家牛的背上。这个牧民小村的全部财产，都集中在这一片寒风刺骨的山坡上，上千条蹄子慌不择路。

我紧裹着藏袍，跟着牛群跑动。曲西在做什么呢，我边冻得直哆嗦边在心里想，在看电视吧，还是在打电话？我在灌木丛里头跌跌撞撞。

或许她在朋友家里聊天，反正不会想到我，不会想到我在贡嘎山脚下追着牦牛跑得几乎断气。

"狗！"不知是谁大声地警告我狗的迫近，于是我两眼发黑，只得继续奔跑。

远方，贡嘎雪山慢慢燃烧成一团粉红色火焰。庄严的顶峰，端坐在众多雪山海浪般拱卫的仪仗里。广阔的高原大地，围绕着这座如金字塔般的愤怒巨峰，一同深沉地吟唱，等待又一个夜晚。

黑色的浪潮围绕着黑帐篷起伏，依稀能看见牺角依着尼玛沙哑的喝声起伏，牛群回营了。

晚饭是酥油炒不削皮的土豆和夹生的米饭，酥油茶管饱。尼玛家没有装太阳能电池板，晚上只有牛粪火提供微弱的亮光。不知什么时候来了个小伙子，火光照着他好奇的笑脸，他是尼玛的亲戚。他今天去山下的镇里了。说到镇子，尼玛、他的女人和孩子的眼睛都亮了。

我走过许多牧区的小镇。有些店里破收音机在嘶哑地唱着，店门口有人在买半生不熟的烤土豆，铺子里的货物从未改变，积满了灰尘。一个看似如此衰落陈旧的西部镇子，却是牧场人所希冀的，是他们生活的乐趣所在。

去镇子前，他们会准备许久。男人仔细梳好头发，女人缠上满头银块，在湿润的黎明步行上十公里，走去镇子。他们激动的心怦怦乱跳，那个破败的小镇子，那几个小铺子、水果摊子，还有跳舞的朗玛厅，就是世界的核心。

尼玛的亲戚还带来了绑小牦牛嘴用的小树枝和几个塑料袋。没错，牧场上没法出产这些。

牧场生活对物质的需要简化到了极点。基本上，牧场自身制造一切它所需的东西：帐篷和缆风绳来自打下的牦牛毛，牦牛奶可以做奶饼子和打酥油，牦牛关节捆在扎绳处充当滑轮。装糌粑的口袋，也是把羊小腿整个扒去皮，把蹄子部分扎住，做成小毛皮口袋。甚至看病也是因地制宜，逻辑清楚，离不开酥油、糌粑、牛粪和烧红的铁丝之类，而且还相当有效。

而有些必需品，牧场人则无法生产，比如茶、盐（除非去盐湖驮盐）、糖、刀、布、蜡烛、针线、药、衣服、肥皂。这个清单可以一直列下去，长得触目惊心。甚至连根尺把长的木头，在牧场也找不到，更不要提首饰和法器、鼻烟和啤酒了。

在令人骇然的一无所有中，尼玛的孩子裹着酥油味浓重的旧藏袍，举着本小册子乱画，口水长长地滴在书页上。我好奇地拿过来看，是本汉藏对译的推行定居化的小册子，发到乡村，上面给出了三种不同的新藏居户型：大户、中户、小户。牧民自己选择，然后出一部分费用，由政府统一建设牧民新村。手册上还提出了各牧民新村村民活动中心建设的标准要求。我看到效果图上宽阔的院落，篮球场般大的院子时羡慕不已。

尼玛和他的邻居看着那些精美的图片，坐在政府新发的杂物箱上，拍着新发的铝奶渣架，有些魂不守舍，心神不定。

"新村不会就在你们这里盖吧？"

"不会的吧？我们这里的雅砻江要修水库了，要修五个。"尼玛伸出五根油腻的手指说，"然后听说我们这里要淹掉，我们可能要搬到县里吧。我虫草生意不会做，到时候咋个办，送娃娃上学倒是方便了。"

我们边吃边吐土豆皮和上面黏着的泥巴，听着烈风吹着帐绳发出的呼呼声。我们聊天时，尼玛的女人把发黑的乳头塞进孩子的嘴里，然后专心地听着她不懂的语言。

这就是尼玛的生活，是马蹄和团团牛毛。牧场白天干燥，夜晚湿润，山脊上涌动着夜色；帐篷里，女人安心地坐在他身后，绞着辫子,看着雪山黑色的倒影。

尼玛好奇地问我:"你结婚了吗?你的家乡在哪里?你来干什么?"

我背对着无边暮色,说不上我是来干什么的。

尼玛的女人抱着孩子,孩子睡着了,她垂着头昏昏欲睡。我给的感冒药,被她紧紧攥在手里。无数个夜晚,他们就在高原炉火昏暗的暖意中半睡半醒,看炉火黯淡,嫁妆陈旧,看草原变黄,看青春不再,看子女成年。

茶碗冷了,炉火黯淡,时光昏睡。暗夜让人分不清真实和梦境,觉得神仙在夜风里飞翔,在你帐篷边大步走过。

如此的生活,不由你不信宗教,不信超自然的伟力。

我走出帐篷去,尼玛也走了出来。

冷风像冰水一样泼了我满头,贡嘎山冰冷如铁。眼前无数绿色的"星星"闪烁和摇曳,仔细一看,都是牦牛的眼睛。还有几只藏狗暗红的眼睛。

远处的贡嘎山,如同冰冷的海浪,或是冷冷的刀锋。草原银亮得如同冰海。一轮孤单的月亮,垂在草原上空。

"月亮好漂亮。"诗人尼玛说。

"就像银子啊。"我说。

这就是我们的诗句了。

我们都不是诗人。我们感到草原融化和冻结在月光中,冰冷和柔情在每一叶草脉上摇动。我们心旌摇动，但是我们说不出来，歌唱乃是诗人的天赋。

我在爱人的门前守候，满心苦恼，可说不出来，就像一头不得其门而入的野象。而诗人会唱："她的双手如莲花，她的眼睛像是蜜蜂，她的眉毛是舞蹈着的藤蔓。"

拉萨的墙头，诗人仓央嘉措对着三个世纪前的那轮冷月歌唱：

在那东山顶上，升起白白的月亮，年轻姑娘的面容，浮现在我的心上。

我心头揣着一千个想法，看着曲西家的方向。那一千个想法，在月下的草原上狂奔，向着她家的小门、她雕花的窗台。

她一定睡着了吧，灯熄灭了，门关着。

那些狂野的念头，静悄悄地，蹑手蹑脚地走到曲西家的小门前，屏住呼吸。

赛马会

打电话

两年前,我快活到无忧无虑的那一天,就是在这片草原上初次看见了克珠的妹妹曲西。她回过头来,眨着眼睛,所有的阳光和火焰都退到了她的身后,所有的轻松快乐都在她的眼神中颤抖,所有的啤酒都退到天边。世界消失了。

赛马会

"打架了!啊呵呵呵呵!"

数万人聚集的理塘草原上,突然响起一阵欢快的尖叫声,然后迅速发展成热烈欢呼的风暴。所有的小伙子都拔腿向北方冲去,一时间,摩托车发动声、马嘶声、欢呼声和脚步声大作,我们也向前跑。两个喇嘛急急忙忙骑着自行车,在我们前面"啪嚓"摔倒在地;后面一辆小卡车摇摇摆摆地赶上来,身后十多个黑脸汉子,兴高采烈地往车上爬。

连天上巨大的乌鸦,也成群地集结起来。

一个凉粉摊子前,突然聚集了越来越多的人,将打架的人围在核心,欢呼叫好。

可惜,我们还没有赶到,战斗就已经被双方的亲友和长辈拉开了。老板娘怒不可遏地撑好几乎被人群挤倒的小棚子，骂道："就知道打架，一天天打架！我用油锅泼你们这些该死的！"

人群大失所望地散去，男人勾肩搭背，歪戴着西部帽，长头发刚烫过卷儿；姑娘们好奇的脸上涂了粉，撇着鲜红的嘴唇嗑瓜子。黑色的头发下是黝黑的笑脸，金耳环和藏刀的银把子闪闪发光。远远的雨柱，迟疑地踏在山脊上，苍鹰翱翔起落。

理塘最盛大的节日赛马节，每天都要上演无数次这样的场面。

许多人在不同的圈子里跳舞，有的是分村的，有的不过是几家。姑娘们轻轻挪动白球鞋，小伙子们踢出闪亮的马靴，表情都格外庄重。他们的后面，全都是盛装的小孩子们，还没有小伙子们的大腿高，跳得很是得意。他们的妈妈，则在四周嘎嘎地大笑，吐得满地瓜子壳。

我的喇嘛朋友，在舞阵中间忙得满头是汗，在鼓捣一台音箱。他一看到我，马上扬扬手说："How are you！"罗桑在我身边，五音不全地哼着情歌《姑娘次仁措姆》。那辆没看成打架的卡车歪歪倒倒开到舞者旁边，突然升起翻斗，升到最高时，司机也跳下来。几个戴着插了鸟翎西部帽的汉子，万分艰难地爬到几乎竖直的翻斗顶上，这才看见舞场的全貌，露出好奇的笑脸。

舞者们不跳了，领头的小伙子，突然将夹克衫褪到腰间，以藏袍的方式很帅气地扎好，接过了人群中扔给他的一只暗蓝色曼陀林，戴好墨镜，甩着一头刚烫的卷发，开始边弹边唱。他身边那个高个子伙伴，忠实地把麦克风举到他的嘴边。跳舞的姑娘们，跑回自己家人的身边，随意地坐在草地上继续看着。

一阵风掠过草原，老鹰盘旋得更高了，遥远的雨柱，在数十公里外缓缓爬山。

一群老人挤在一起，高举着转经筒，围住一匹盛装的骝马评头论足，还上去掰开嘴唇看牙口。墨镜后面的一双双大眼睛，看得那马儿无地自容，步步后退。

人群又是轰然一声，分立两边，赛马开始了。

三四个骑士一起冲过来，抡圆了黑绳抽打马匹的后腿，马儿肌肉滚烫，甩着银铃，惊恐万分。马鞍、鬃毛和尾巴上扎着的彩绸飘飞，简直是将马裹在彩绸里飞奔。

"马惊了，马惊了，啊呵呵呵呵——"前面人头攒动，于是上千人瞬时崩溃。我前面一个老汉还摔了个大跟头，操着宝贝鼻烟壶爬起来继续呼哧呼哧地跑。

可惜这个消息是误传，显然是有人故意吓人。于是退潮一般，身边的人们又嬉笑着，互相推搡着跑回来，大喊"不许乱叫""你真胆小"之类。人群又聚集在赛道两边，看不见马儿，只看见蹄子掀起的泥块飞舞在人们的头顶间。

喇嘛一般是不许骑马的，赛马会的组织者却是喇嘛寺和乡里，所以喇嘛们在赛马经过的地方丢下绑了哈达的香烟等东西。还有的喇嘛堆着小山一样的饼干，准备火供。

我们硬是挤了进去。前面冲来一个年轻的汉子，用脚勾住马鞍，身体歪到马鞍一边，摊开双手，中箭一样，从马鞍上仰面栽下来。在人群的叫好声中，他精心烫过的黑长发终于派上了用场：在闪亮的马蹄铁下面摩擦着草皮，灰尘滚滚。

跑出十几步后，他抓到了地上的哈达，头一甩，仰卧起坐似的一跃，按计划应跳回到马鞍上，顺势拍马一下，完成这场表演。不过竟然没完成，他结结实实地摔了下来，一只脚还挂在马镫上，被马拖着跑了好一段。眼看马拖着骑士向人群冲去，马蹄前的女人们惶惶然站起来，惊呼着逃跑，沉重的辫子拖着银饰叮当乱响。而见惯了这场面的老牧民们，盘腿坐着，死硬得连屁股都不抬一下，高擎转经筒，鹰钩鼻两边、墨镜后的眼睛死死地盯着奔来的小马。未经世面的小马终于被这堵锋利的目光之墙搞得失魂落魄，脚步迟疑。后面冲上来几个小伙子，合力把缰绳勒住了，七手八脚把那个倒霉的骑士解救了下来。他甩甩灰蒙蒙的长发，随便掖好拉散的藏袍，咧着嘴牵着一脸无辜的马向起点走去，说不出是惭愧还是兴奋的表情。

"哎呀呀，腰力不行，"我的朋友说，"这马要挨打了。"

"啤酒多多喝了……"我说。

我想起海明威写过一个斗牛士。那人每天喝酒，别人问他："你总是不锻炼身体，还能斗牛吗？"斗牛士醉醺醺地说："你就是天天锻炼，也比不过牛的力气啊。"这和赛马一样，比的是勇气。至于做这些动作有没有意义，有什么可考虑的，老天爷保佑，人总有一死嘛。

忠实地喜爱赛马的，以老人和中年汉子居多。骑手出色的骑术，已经不太能吸引姑娘们了,而骑士们的箭术更是惨不忍睹,飞出的箭摇摇晃晃,甚至击不中靶子。我曾经在夏河拉卜楞寺看过蒙古骑士的全套铠甲,也看过寺庙挂着杀人的弓和剑,骑士的时代已经过去了。

后面的人墙懒洋洋地散开,又冲过来一位老人,他两腿紧夹着一匹眼神忠实的青马。青马收着土豆袋子般软塌塌的肚子,扭着婆娘般肥胖的腰,低头勒着嚼子,跑得眼珠子都要跳出来了,显然力不从心。老人干瘦的腰杆挺得笔直,白衬衫收拾得整整齐齐,薄藏袍裹在腰间,枯萎的小辫子缠在头顶上,一丝不苟地喝着口令。人群中响起无情的嘲笑声和汉子们尖厉的喝倒彩的口哨声——正是笑声提醒了我。

"我认识这个老阿爸,我前年来的时候他也跑过,也是这么慢!"我惊奇地说。

"他年年都来,每年都跑最后一名,都不知道是哪个村的,凶得很。"同来的小伙子说。

我再看时,他已经跑过了人阵,掉转马头,打算回到起点再跑一圈。他还是那个样子,像刺刀一样笔直地坐在马背上,一年比一年更干瘦,一年比一年更黝黑,看样子准备一直跑到爬不上马鞍子。那匹忠实的老白马更"胖"了一些,活像一头水牛,肚子戏剧化地起伏,呼吸剧烈,一边撇着嘴,一边斜着大眼睛看看地上有什么可嚼的。

明年我还能看见这个老人和这匹老马吗?也许马就跑不动了,人总有一死,马也是。但我隐隐有着担忧:这个老人为什么还要赛马?

不管外面的世界如何变迁,不管草原的马儿是否越来越少,不管铁路是否通到理塘,也不管从卫星上看到的理塘是否依然小如米粒……这片草原,就是要以赛马来给它光荣,也许这个老人就是这么想的。

万马奔腾的场面已经在梦里。理塘,我铜镜般的草原,还会有赛马吗?

我激动得满头大汗。

"我以后要在理塘养一匹马,黑的,藏语是不是叫'达那波'。"我说,"我要从小调教它。"

"就是就是,呵呵呵。"

后面果然冲出来一匹黑马,也是个老汉,满头的珊瑚块和英雄结压得老人家一脸庄重,他虚坐在马上,干瘦的手端着一张搭着箭的弓,慢慢拉开并咬着牙冲了过来。

"我要去坐一会儿,太热了。"我宣布道。今天看了太多的勇气了。同来的二哥克珠和曲西的同学洛卓玛也同意(曲西去木拉乡了,据说也在看赛马,那里没有电话也没有电,完全是在另一个星球),反正这些赛马表演还要持续整整一天。

我们转身离开了满是头油味和热烈讨论的赛马道,踩着满地瓜子壳向上走。草坝子上全是人家,男人们都在看赛马,女人们则围坐在自己的帐篷前,滚在毡毯上嗑瓜子。老寡妇们都剃光了头发,戴上软帽,扁着嘴唇摇经筒。喇嘛们围着草地中间寺庙的高大白帐,三三两两地转悠。

有些牧场上的女人们酥油桶一样沉默地站在太阳底下,头发仔细地梳成几十条小辫,坠满了银饰和珊瑚,简直像背了一台织布机。她们无比骄傲又缓慢地转身,后面跟着许多摄影记者。

白帐前围了很多人,有两个喇嘛在吹法号,沉重的铜法号重重地压在草地上。他们一边鼓起腮帮拼命吹,一边斜眼看右手边两个小喇嘛举在手里的一本古书,上面全是莫名其妙的符号。我这才发现,原来吹法号也是要看谱的。旁边放着一张彩绘的方凳,洛卓玛说:"这次赛马节是活佛组织的,那是活佛下马用的凳子。今天还会有辩经法会。"

阳光太强烈了,感觉对着太阳扔出一把青稞去,落下来的都是火星。我和洛卓玛商量去她亲戚家弄点木棒来支一顶简陋的帐篷。她舅舅家里没有人,野草有半人深。我们爬着土墙头,攀着苹果树要跳进去。我刚站到墙头上,就看见浩浩荡荡四五十个人骑马穿过泽马村的烂泥路逶迤而来。

"活佛来了吧。"洛卓玛说。

我们背后是寺庙热气腾腾的金顶,坐在院墙上看去,各级各户藏居泥砌的屋顶,被太阳晒得好像烤焦的锅盔。几个喇嘛在最前面,排成三角形,带着鲜艳的红色和黄色鸡冠帽,肩上披着哈达,身上还背着黑油油的小皮箱。他们的马像大姑娘一样迈开细长的小腿,腰上披挂着漂亮的鞍毯，马尾扎成各色彩条，甚至缰绳都围上了崭新的黄丝线。有几个女人，闻声从院子里走出来，恭敬地拍拍邦典上的灰，还有一个女人手里擎着蒸馒头的铝锅，闪闪发光如同宝贝。

我们又看看泽马村的路口，黄色的鸡冠帽子挤挤挨挨，几乎要把两边的藏居坚厚的墙给挤开，还有些僧官戴着白色的毡帽，华贵的橙色丝绒菊花一样垂下来。在两边谨慎护卫的几个小喇嘛，头上戴着发亮的白色小皮帽。马匹都挂上发亮的哈达，垂着花花绿绿的彩绸，光滑的各色鬃毛顺从地垂下来。这支壮观的队伍缓慢地流进泽马村，我觉得简直是打开了一本画册，这些人物如同古老的剪纸一样，从传奇和史诗的时代飘然而下，震响了古老的草原。

"你看你看，那就是活佛！"

"哪个，那个穿黄马褂戴墨镜的？"

"不是，哎呀，那个是我亲戚。那个，披着大红袍子，头上戴着黄铜头盔的，一动不动的那个。中间那个。"

"啊？是他？他不是曲西家的邻居吗？我还听他念过经咧，都不晓得他威风很大啊。我在他房间里玩，他在念经，我和服侍他的那个小喇嘛玩手机。哎，就是那个小喇嘛，就是他，你看。"

皮帽下露出一张笑脸，又低下头去了。昨天，我还和他一起把铝皮放在模子上抡大锤砸，砸完之后铝皮就有了花纹，他说，这是要来装饰活佛的宝座的。

这是功德吗？我不幸地记得我还有过罪过。

那时候我的木匠朋友在给这位活佛打藏床，我每天跑到木匠那里聊天，顺便打下手。有一次我自告奋勇去锯一块木板，然后不幸锯多了。彭木匠把那块木板放到打了一半的木床上，眼看少了一块，就又填了小半块进去，踩踩，还不错，盖上衬板就看不出来了。

唉，那便是这位活佛坐的床了。我犯下恶业了，怪不得曲西莫名其妙跑到木拉乡，我看不着了。冥冥之中自有安排，我尴尬地扶着苹果树摇了摇脑袋，心说：彭木匠，希望你一切顺利。

许多人跟着活佛的仪仗跑，滚滚的白云无忧无虑，接二连三地从山背后浮出来。洛卓玛说，一会儿活佛下马之后，这些人要一个接一个从活佛的马肚子下钻过去，接受活佛的祝福。然后，就要开辩经大会了。

我们又回去看赛马，看小伙子们一次又一次表演折身捡哈达，勒得马儿直翻白眼。连那个表情大山一样不为所动的老阿爸，也跑了很多次。人们一次又一次的嘲笑声，简直要把那匹老白马给四仰八叉地掀翻。但是老白马还是甩着肥胖的屁股，忠实地跑在嘲笑声中。

帐篷的风绳彼此紧紧地缠在一起，简直让人无法插脚。有些人的身子在帐篷里聊天，两条长腿无忧无虑地从帐篷里伸出来。伴随着悠长的酒嗝声，空啤酒瓶子疲惫不堪地滚出来。其实各家的情况都差不多。一个歌手扛着弦子挨个儿钻帐篷，我请他唱首歌，他就弹着弦子载歌载舞地唱："扎西德勒啊扎西德勒啊，我的雪山我的家乡我的姑娘，扎西德勒啊扎西德勒啊。"我丢给他一瓶啤酒，他把弦子甩在背后，举着酒瓶笑嘻嘻地出去了。

每家每户的帐篷门都敞开着,汉子们全都坐在小山一样堆得整整齐齐的啤酒瓶后面,不好意思地敞开外套,露出黑黑的肚皮,小胡子翘翘地笑,拼命地打着啤酒味儿的嗝。太阳光像是个老狗,醉得在帐篷外满地打滚。

我回忆起前年的赛马节:

我半夜从帐篷里伸出脑袋,着迷地看草原上无数帐篷里昏黄的灯火,满头雨水。点灯的帐篷里,还在喝酒。这么快乐的日子,我简直不想走了,不想去拉萨,不想走那遥远的路,就想留在理塘。

打电话

曲西：

　　我有时候给你打电话，问你在理塘，一个人睡在大客厅里怕不怕。

　　我并不害怕孤独，更加不怕远行，这个世界教会了我如何面对遥远和孤独：我曾在轮船上悠悠站着，以黑夜洗眼；夜里坐长途火车，听着铁轨声，犹如唱歌；甚至在碰到危险的时候，也能笑出来。

　　这是旅人的天赋，是对世界的热爱。世界在我眼中，是一天比一天更清晰的地图。

　　可我也害怕，我怕那些在上海日复一日做梦，见不到你、感觉不到你的时刻。键盘在我的手指间发抖，浓咖啡燃烧着我的精力，我倾听别人的诉说，不错过每一场欢宴，喝啤酒直到午夜。我读书读报看电影看画展看雕塑看京剧购物谈项目，但是我的内心沉睡，因为我看不到你。

有个日本小说家,叫作芥川龙之介,他有一篇小说叫作《孤独地狱》,里面有一个禅僧说:孤独地狱,在山间旷野,树下空中,到处都可以突然出现。

我是在孤独地狱中吧,我的灵魂越来越深地沉浸在有你的梦里,不愿醒来。想念在我的呼吸里,在我的头发里,在我的手指间。这像是暗藏的洋流。美国有个大胡子作家海明威说过,"你看见的我,不过是冰山露出水面的部分,冰山有十分之九沉在水下,你是看不见的。"我也像一座冰山,在水面上露出的,纹理清晰;水面以下的十分之九,那是我对你的想念。

我常常想给你打电话,但是又会担心,如果你在学习,你在看电视,你在吃饭,你在睡觉,你在无所事事,似乎都不是打电话的好时间。

打电话时,也让我考虑再三:电话铃响完,没有人接,我该再打吗?太早,则你在吃饭、看电视;太迟,你又睡着了。

结果是,我常常等到周末的晚上才打。我紧贴着话筒,深呼吸,"嘟——嘟——",遥远的高原,传来你家里晚饭时的吵闹声。你的侄子在打闹,嫂子在切菜,妈妈有力的脚踝打鼓一样踩在地板上,肥皂剧的主人公也杀猪一样拼命地叫,一片嘈杂中传来你最轻微的声音,简直是汪洋大海上的一片羽毛。

然后我的冰山倒塌，我想好要说的话无影无踪。就像一个该死的破皮口袋踩不出声，我说的话含含糊糊又颠三倒四，东问西问又畏畏缩缩。

你在看电视，有意无意地回答几声"哦，哦"。

我赶紧说："那……你是不是……不想说话哦？"

"没有啊。"

"那……你在忙吗？"

"我要吃饭了。"

"那你们吃什么啊……"

"没有什么。"

"哦……那好……呃……曲西？"

"那我要吃饭了，我挂了。"

你很爽快地挂了电话。

我一拳头砸在自己的脑袋上，怅然若失。我好像什么话都没有说，又好像什么都说完了。那些和你打电话说得很顺溜的小伙子们，一定不会像我这么紧张。

你知道的，我和画匠、和罗桑说话的时候，也能滔滔不绝的。但刚刚我的舌头滚烫，说不出话。这个和你说话的梦呓一样颠三倒四的人，那才是真正的我。

我又掉进了孤独地狱。

但是有时，你的心情莫名其妙地好，于是我们就瞎聊。

我说："你为啥不答应我呢？"

你说:"我是有理由的。"

我说:"是什么理由呢?"

你说:"不过我忘记了。"

我说:"那太好了。"

你又说:"不过你一说,我又想起来了。"

我正在郁闷,你又说:"不过很快又会忘记了。"

我只有啊啊哦哦,如老僧入定,面壁十年图破壁。

在上海,日子过得很快。每天早晨,咖啡豪迈地喷着蒸汽,计划等在我的枕边。我走在路上时还常拿着书看,每天看书看到睡着。但是我抬头时,看见高远的天空如洗过的瓷,立刻就想到你,想到理塘。

走在上海的街上时,我便想带你来看看车流,带你吃吃各国莫名其妙的美食,想让你带着一肚子奇妙的故事回去,说给你的亲戚们听。

这种心情,无法寄托。我只好在办公室里冲速溶的酥油茶,享受半个小时的回忆和美梦。这种感受,你理解吗?

同样匆忙的朋友说我看上去很快乐,简直是飘飘欲仙,每年都跑到藏地过段日子,境界高,是真的高人。还有人问我,天是不是真的很蓝,草原是不是真的很绿,云是不是真的很洁白。

他们心中的藏地,是一幅风景画。对不起,对不起,我没有在看天,也不太去看草原。草原和天始终陪着理塘,我始终都在看你。我只好给他们说你家里的生活,说拳头大的包子,说脑袋一样大的蘑菇，说遥远的路，说理塘的姑娘，说她们很认真的羞涩——不是胆怯，也不是豪气冲天，只是羞涩。

我一边说，一边想着你，但是我说不出更多的。我不了解你。

我的电脑桌面是那年夏天草原上，你穿着藏装，手托腮看着远方的照片，你水晶般的眼睛在看着什么。

有些朋友看到我的电脑桌面，看了一会儿，走开了；一会儿又走过来看，来回几次，终于说："好漂亮的姑娘。"我说："对，她是我在藏地房东家的女儿。"

我们就聊起来。我给他说窗下的格桑花，说门前的牛蹄声，听得他神往。其实，在我心中，满心想的，只有这个房东的女儿。她经常在我混乱的梦里，说一些我永远都听不清的话。我努力地听，可是她叹口气，已经转身走了，顺手把门一关，木门上是彩绘的一盆鲜花，格外清晰。

门里是她，门外是我，远隔千里。我醒过来，原来这不是梦。

时间，已经把急躁、焦虑磨成了纯粹的想念，这也是我在你面前显得木讷的原因：因为我和你在一起的时间，真的太少太少，而我在孤独地狱中，却被关了太久。

给我一点时间，和我相处，我会自然起来，变回我自己。

上大学的时候，我半夜醒来，会入神地听遥远的车声。

我曾经想写一个小故事。古代有这样的一个人，他每天快乐而努力地生活，但是半夜起来，听到青蛙叫声，就起身，到水池边把竹筒削成竹篾。不为什么，因为他内心空空如也，这孤独地狱太小，甚至容不下蛙声。

那是永远流浪的灵魂，那是残破的风帆。

要说有什么会让我害怕，我很害怕成为这样的人。

现在，我从梦中醒来，一切寂静，不知道自己是否已经成为那样的人。那时候，我想听听你的声音，是否对我来说，你就代表了远方？你就象征着永远阳光灿烂的地平线？

在北方有个国家叫俄罗斯，那里有一处意大利士兵的墓地，他们都战死在俄罗斯的原野上。那里开满了我最爱的金色向日葵，墓地上刻着俄罗斯诗人杜鲁夫的一首诗：

拿坡里的儿子啊，你为什么来到俄罗斯的荒野，是厌倦了故乡的港湾吗？

我觉得这是不是也应该成为我的墓志铭。

单相思是单纯的，也都是相似的。和别人一样，在上海时，我会乐趣无穷地想，今年藏历年，我该给你送什么礼物呢？

当然不是用礼物打动你，你是不会被礼物所打动的姑娘。只是，我想让礼物，代替我，陪伴在你的身边。如果我想温暖你的手，我会寄去兔毛的手套；如果我想抚摸你的头发，我会寄去蓝色的木梳；如果我想看你跳舞，我会寄去跳舞毯。

这些礼物，夜深人静的时候，会替我向你说出火热的话语。但是你睡着了，你听不见。

每当我看见一件有趣的东西，就会想着，曲西要是能看到，一定会多看两眼吧。所以我会乐此不疲地比较来比较去。买头花吧，配着你漆黑的头发那么好看，不过你可能不喜欢；或者，买个喝牛奶的敞口镶花瓷杯，可是你的小侄子会把杯子打坏的；冬天理塘多冷，要不还是买一个手炉吧，里面可以放木炭，可是，理塘能找到木炭吗；还是 MP4 好，我可以在里面放满你没看过的电影和音乐，可是，你爱听什么音乐呢；要不，还是这个香木的梳子吧，等等，藏族对送梳子是不是有忌讳……

还有一次，我突发奇想要请人做一个你的软陶小雕塑，可对你的头像，我一直不满意。第一次，颧骨太高了，眼睛太细；第二次，像个傣族姑娘。我说这简直根本就不像她，她是个藏族姑娘，你看照片嘛，脸是鹅蛋形的，额头哪有那么宽。

雕塑家终于回信息说：你的要求太高，我做不了，姑娘很美，加油！

可是在你家，我总是很难看到这些礼物，它们都到哪里去了？后来，我慢慢地发现了它们悲惨的命运，当然那都是你侄子们的杰作。不过，康巴人家一向也不在意小东西的来去。

水晶球已经打烂了，只有底座还在负隅顽抗。后来我挖空心思修好了，在旋转底座上安装上你的相片。三天之后，底座也彻底完蛋了。

MP4 神秘地出现，又神秘地消失，每次出现都多一道伤痕，那里面还有一首你自己录的歌。你唱的那首歌虽然不好听，但是我听了很多次。

小狗拖鞋只剩一只,咧嘴躺在阿日的狗窝里,一派找到依靠的模样。

只有一只头花还在你的窗台上,带着你的发香,它多幸福。我抚摸着它,能感觉到你手指的触动,但这只不是我最喜欢的。

"你们,去陪曲西过一段日子,不要让她不开心。"我命令这些玩具,还特别指着一只灰太狼玩偶,"你,要尽量可爱点,要让曲西抱着你。"

然后我封上箱子,让它们沉睡在纸制、布料或铁制的邮箱里,先后颠颠簸簸地上了高原。

仿佛听到我曾经渡过的河流的水声,它们在黑暗中低语:哦哦,过河了,快了。

仿佛看到我曾经颠簸走过的山路,它们在黑暗中低语:哦哦,上山了,快了。

你的手指,将它们捧在手中时,它们却沉默了。那只灰太狼,是否完成了使命?我不知道,它们再也没有联系过我,它们失踪了,失踪在康巴高原。

我不知道,这些礼物,在被损坏前,是否陪你度过了一个孤单的、不开心的夜晚。

如果几年后的某一天,你在什么地方看到一只水晶球,或者小狗拖鞋,能笑盈盈地说:"啊,我曾经好像也有过一个,后来不知道到哪里去了,哎呀。"

如果那样,也就足够了。

理塘浪子
这种蠢事

我宁愿冻得发抖,宁愿喘不上气,宁愿满身伤痕,宁愿一无所有地倒在地上,但是我要学会,学会在楼梯口坦然面对着她,伸出我的手,像所有恋人那样,从心里头不断掏出热乎乎的昏话,把她吓得手脚冰凉。

理塘浪子

一切皆有前定。

初夏的理塘是雨季,院子里的泥地一片腥热。我在曲西家困坐,终于又来了五个甘孜的画匠。他们带着几本皱巴巴的画册和一捆烂油画笔。理塘无人接纳他们,认为这些染了头发的小伙子们是贼。但是就像接纳我一样,曲西家向他们敞开了大门。

我被单相思搞得如同苦行僧,看到曲西和看不到她都是折磨,如同胡同里之盲象。于是他们来的第三天,我就每天混在他们中间一起给新藏居画画。听着山寨手机播放的音乐,机械地勾石灰线和刷漆对我是种放松。我终于有了可以说话的人,在那以前我只有天天陪着彭木匠,呼哧呼哧拉大锯。

意希、扎西和顿珠是学藏式绘画的同学,扎西的弟弟伍噶和顿珠的侄子曲结是学徒,大家全部是理塘以北两百公里的甘孜县人。

白天,他们套上油彩斑斓、厚如铠甲的工作服,撇开两条长腿,懒洋洋地去小巷深处重复地画海螺和花,我则懒洋洋地在电脑上翻译一本科幻小说。

到了晚上,我们抓臭烘烘的糌粑吃;我们围着电炉,把瓜子壳吐得满地都是,讨论女人;有时候画匠们还会带着一些兴奋的、满脸发红的理塘姑娘们回来。我就回自己屋,那时候我已经搬到画匠们的隔壁了。

后来一天夜里,一条小如拳头的白色流浪狗也和画匠们一样,不请自来,钻进我的出租屋,缩在我的枕头上睡觉,还把臭气熏天的尾巴塞进我的鼻孔里。这狗不爱吃肉,只爱吃糌粑。它来之后,理塘就没完没了地下雨,我就此叫它"恰巴塘",意思就是下雨。

大家一致认为,我们,还有这狗,相识在理塘,完全是偶然,是前定的宿命。

白天,我们就带着小狗恰巴塘上街。茶楼一座接着一座,每座茶楼都有画匠们自称的女朋友。那些姑娘都很相似,脸蛋红红,胸脯饱满,胳膊壮实,满心好奇。大家会流氓一样坐在理塘大街上,饥肠辘辘,追着看理塘的姑娘,顺便嘲笑理塘汉子牧民般宽大的步伐。画匠们很想家。

理塘有些著名的风流女人,开始对我风情万种地打招呼。看到这一幕,阿爸泽仁没有说话,但我的理塘朋友对我的堕落大为摇头。

还有一次,意希追着一个高个儿姑娘要号码,吓得那姑娘跑过半个理塘,用胳膊遮着脸。

"我真该揍她一顿,那丑八怪。"意希高兴地回来。

虽然没要到号码,但是他追着那姑娘骂了一顿:"你别以为自己了不起,丑得像牦牛一样!妖怪!看谁要你!"

不过走遍康藏的他们私下也承认,理塘的姑娘确实是康区最漂亮的,大概因为理塘是牧区。

虫草生意不好做,理塘盖新房子的人不多,画匠们日渐穷困,更加无聊。

夜里,家里的DJ放了一遍又一遍。"好难过,你不要再来伤害我,耶耶耶,耶耶耶……"我抡起书砸到墙板上大骂:"你们把声音给我关低点,楼上曲西还睡不睡觉了。"

音箱关了,夜空中的星星照得我头昏眼花,真恨不得一头躺倒在星幕下。

我坐到院子里的木头上,这是我例行的痴想时间。扎西在黑暗里打电话。

"喂,听到不,听到不,我就是那个甘孜的达瓦。我跟你说,我觉得你真的好漂亮。真的,我骗你做啥子哦,我真的好喜欢你,狗骗你,再你做我女朋友吧。我第一次和人这么说哦。就是,我就是直说嘛,那你再考虑考虑嘛。我明天打你电话哦?我叫达瓦哦,再你叫啥子啊?啊?哦,再你不要忘记了,我叫达瓦咯。哦呀,拜拜——"

他挂掉电话,得意扬扬地扭过来:"搞定!她明天要来和我约会。

我才来理塘第三天哦。"

"那姑娘叫什么名字?"

"好像叫啥子格绒?"扎西在我身边坐下来,甩甩头发,指着曲西灯光昏暗的窗户说,"哎,你和他们家的那个姑娘约会过吗?"

"没有——"

"我就知道你没有,你不敢问她,你怕她。"

"不是怕她,她不会和我约会的。你没看见她一直在躲着我吗。"

"那就凶一点!骂她哦,藏族姑娘喜欢凶凶的小伙子。在我们甘孜,看到漂亮的姑娘,哇,就把她推到巷子里面,一定要告诉电话号码,一定要做我女朋友,不做我就揍她!或者把她帽子给抢走。"

"我一年才能见她一次,看都来不及,还敢骂?"

"那就没有办法咯。还是我快活啊,想打就打,想骂就骂,她们还是死心塌地地来。"

扎西跑开了,我抬头望天——我该怎样才能快乐?我的教育,从没有教过我。

虽然走过不少山河,却依然不知道如何才会快乐。我的教育,它教我从秦始皇到大西洋之间的一切,教我要出人头地,教我团结友爱奋进创新,教我进退如仪,教我千里之行始于足下……可我该如何一无所有也照样摇头摆尾地快乐?也许快乐这种事,根本就没法教,一定要我自己亲自去发现?

是不是得把我的电脑和书全扔了,才有扎西痛快地说谎吹牛的那种快活?

夏天逼近，雨季停止，曲西家的院子里一片无聊。

水泥砖砌的房子里，镶上薄木板隔成五间，当初拌水泥砖、刨木板，我都出过力，如今我就住在中间的三号房。

住二号房的神秘人物，从来没有出现过。据说是个逃赌债的流亡汉子，因为从没回来过，我们都怀疑他被债主抓到捅死了。善良的阿妈拉姆为此忧心忡忡。

我说："阿姨，他都几个月不来了，把他的东西腾出去，让别人搬进去吧。"

阿妈拉姆说："那不行，那是他的东西哦。人家衣服，再……"她想了一会儿汉语词，"我拿……不行哦……"她坦然挥挥强壮的胳膊，笑着走上楼去，楼梯咚咚作响。

我因而觉得，这个家在阿妈拉姆的强力控制之下，真是稳如泰山。

画匠五个人，挤在四号房。

五号房住了个单身大姐，个子很高，两团高原红挤在眼睛下，带着个小姑娘独自过日子。天气好的时候，可以看到她在里面用小织布机织藏式的小腰带。

没过多久，住一号房的那位爱读佛经的大哥，就总跑来看她，一个吸着鼻子，一个低头纺织，谁也不说话，彼此眉来眼去都是不好意思的笑，看起来很是情投意合。

画匠们也常带着不同的姑娘们回来，有打扮时髦的小丫头，也有一身藏装、编着许多小辫的高大的牧场姑娘。

十二岁的曲结都在街上和比他大的姑娘搭讪。

晚风飘荡，连猫都成双成对，只有我，和尚一般。

意希过生日，来了好几个姑娘。我们聚在曲西家的楼下，齐声高呼，终于把曲西叫了下来。然后是蛋糕大战，顿珠的女朋友拉姆，算是我的妹妹，她偷偷塞给我满手奶油，对着曲西的背影努嘴。

一片混战的尖叫中，我定定神，从曲西后面走过去，将两手奶油缓缓举起，像捧着白云一样，极轻地擦过曲西的面颊，仿佛是在抚摸，又仿佛是托起一捧清水。

刚才大呼小叫的画匠和他们的女朋友们全都僵住了，大家安静下来，瞪大眼睛看着，场面一时很尴尬。不过曲西笑了起来，显得很不好意思。

深夜，阿妈拉姆把曲西叫了回去，我已经在她经过的泥路上铺了木板，用电筒照着，看着她走进暗夜。

"冬哥，你咋个办哦？"意希说，半是真心实意，半是幸灾乐祸。那几个姑娘歪七倒八地睡在了他们脏兮兮的床上。

"曲西从来就没有关心过你，她根本就不在乎你。我们说到你的时候，曲西连听都懒得听。"扎西欢喜地说，"要不你还是走吧。"

"我在的话，还能替她修修电脑，而且她的自行车又被你们骑坏了。"我简直悲愤莫名，"你们骑车能不能轻点，我昨天才补了轮胎，好，今天车把居然让你们给骑飞了。"

"都是借口，借口。你就是舍不得曲西，哪里有你这么傻的人啊！怎么样，想不到她这么难追吧？这——才是——我们藏族姑娘的个性。"扎西很得意。

"我看哦，"意希乐得满脸是笑地说，"我去找几个朋友，假装调戏曲西，然后你就冲出来救她！她肯定感动！"

"这么老套的招数？"

"你听我说完啊。你不要显得厉害，你要让别人揍你，我们的朋友会往死里揍你，然后她肯定感动了，哈哈。"

"曲西对你们这么好，还喊你们哥哥，你们真是……真能找到人吗？不要找理塘的啊，曲西认识……还是算了吧……你们那些画匠朋友，谁也不许对曲西用这招，听到没？"

"我反正不会用……其他人肯定会用吧……哈哈哈，我又不是他们的爸爸。"扎西说。

"曲西以后有了喜欢的人了，你怎么办？"意希问。

"到那时候，我也就不来理塘了，再也不来见她了。现在，我还能看到她，还能为她做些什么，以后，就连机会都没有了。"

"哎呀，这个叫什么，爱情，是不是？甘孜州十八个县里面，都没有你这样蠢的人吧？可能西藏那边有，再我也不晓得了。来来，跳舞，哦哦。"

他们又把音箱打开，对着油腻腻的镜子扭来扭去。隔壁读佛经的大哥暴怒，隔着薄薄的板壁把藏刀刺过来一半，他们也不甘示弱，把自己的西瓜刀刺过去。于是，发展成一场无聊的争吵，几乎要打起来。

我稳如泰山地躺在床上，看着那面肮脏的镜子里我安静的脸。

我知道自己不可能变成他们，我们一直都过着不同的生活。他们在青稞田里扔泥团的时候，我在读书；他们染了头发在街头乱晃泡妞，我还是在读更多的书。碰到任何问题，我读书。他们看到喜欢的姑娘就冲上去，我则是站在旁边，目不转睛地看，然后读书。

即便现在，坐在一起，我也一直在想，我们喝的青稞酒，是一样的味道吗？

我们是河的两岸，永远隔着一江水。

我的教育，你究竟教给我什么？

你教我走，却不教我什么是路；你教我画，却不教我画的是什么。

你没有教过我，个性是用来享用，而不是用来改变的；也没教过我，没必要每日三省，人性自然；还没有教过我，该怎么真诚地赞美别人，也欣赏自己。

你是否告诉过我，如果没有亲自试过，一切真理都无法实践——就不知道苹果是甜的，河水是凉的，一切都和世界初次诞生的那天一样，有待发现。

你是否教过我，痛快地流汗，痛快地唱歌，闭上眼睛，真心实意地享受自己。

时间一天天地过，我依然和画匠们一起画藏居，但是心里面已经有了想法：我一直以来不知道要给曲西留个什么样的礼物，为什么不在我住过的屋里墙上留一幅壁画呢？

我走后的黄昏，曲西打开我住过的空荡荡的房间，会看见正对面有一幅精美的壁画，画的是她在水井边，眼睛晶莹如水晶。

我为这个古典主义的浪漫想法弄得激动不已，于是刻苦学习画匠们的技艺。我躬身细看他们画的线条，从模仿小花开始，笨拙地用石灰勾线。

有个老外从门前经过，看到画画的我们，举起了相机，我只看到他晒得发红的高鼻梁。我几乎可以想象，这个老外在回到万里之外的家，会指着照片和朋友说，你看，这些康巴画匠。

我，旅行者我，记者我，汉人我，已经消失了，溶解在蓝天里，成为别人眼中滚热的天涯，成为一道遥远的风景，成为一串模糊的剪影。

尽管自己已经变成了风景，但是我的线依然画得歪歪扭扭。

这天曲西家里人都在忙，中午吃饭的就只有我和曲西。我认真地去做她爱吃的东西，研究理塘各家小饭店的优劣，争取不重复。

她坐在我对面，闷头吃饭。我一和她说话，她就如临大敌，一言不发，睫毛闪烁，把烤鸭吃得"咔咔"直响。

我努力地坚持和她说话，于是她端着饭碗走下走廊，临走还把烤鸭夹走几大块。

我悲愤地走下去想责怪她不讲道理。到了楼梯口，我看见她坐在烈日炎炎的屋檐下，马尾辫熠熠闪光，眼睛晒得睁不开，捧着饭碗。娇小的嘴唇油亮地翘着，深色的脸对着太阳，一脸莫名其妙的忧郁神情。

我想走过去,坐在她的身边,告诉她,扎西说我永远都追不到她;扎西说你走吧;扎西说要带她走,带她私奔,让我永远都见不到她。

但是我只是说:"我走了,你上去吃吧,外面太热。"

我走进理塘滚烫的小巷,掏出眼镜丢在地上,想踩碎。

我该怎么去爱啊?什么是爱?怎么表达?如何给予?如何接受?

人们都号称渴望着爱,而又拒绝亲密。我们像雨后的小虾,虚弱地用小钳子互相召唤,故作轻松,却变得焦灼不已。我们孤独又迷惘,自私到懦弱,担忧而又不得不妥协。到最后连自己都没法爱自己。

海子说,劈柴喂马、面向大海就是爱,他懂得了,可是他还是死了。爱来得太迟,爱没能救他。

姑娘走过我身边,顾盼生辉,甚至连藏居的墙上也流淌着热爱,我却无法开口。只会让不会说话的玩具熊、让冰冷的水晶球来替我说话。我真的不会,我的教育,让我能够说出玄妙的知识,却说不出自己的爱。

好吧,我自己来学。我要不带地图上路。我要检验我学到的每一条道理,我不得不鲁莽幼稚。我两手空空,什么也没有,但是我就是不怕失败,就是不怕痛苦。

我宁愿冻得发抖,宁愿喘不上气,宁愿满身伤痕,宁愿一无所有地倒在地上,但是我要学会,学会在楼梯口坦然面对着她,伸出我的手,像所有恋人那样,从心里头不断掏出热乎乎的昏话,把她吓得手脚冰凉。

我会像一只狗熊,爬进她的花园,把她的蜂蜜全部吃掉,赶不走也打不动。

我爬上架子,继续沉默地用石灰画直线、画叉、画圈,涂红漆、涂金漆。线条歪歪扭扭,我终于还是用不习惯石膏线,学不会如何画壁画。我所能画的,终究也只是笨拙的花朵。但是意希给我出了个主意:我可以为曲西做一只木头盒子,放她自己宝贝的东西,用毛笔装饰,可以画得很漂亮。

于是我翻开他们毛了边的画集,给曲西的盒子选择顶盖和内里的花纹。最后选中了一个复杂的九连环,金粉和赤铜互相嵌套,那个很难画,需要不少的耐心。

我就开始在硬纸壳上描,描完用大头针扎出这些线条。

扎西坐在我身边,突然说:"冬哥,我跟你说哦,不过你不许打我。"

"你说。"

"今天我一个朋友在街上看到曲西了,说:'哦,美女哦。'他就去把曲西拦住,不让曲西走,要她的电话号码了。"

"哦。好。"

"你肯定生气了?"

"我有什么资格生气?"我深一针浅一针地扎着纸板。

我有什么资格去要曲西喜欢我?我唱歌不好听,跳舞像头熊,连四岁的降措都会唱歌跳舞！我不会修摩托，也不会骑摩托，去给她买个铅笔都要靠走；别人却可以载着她，欢天喜地去乡下玩！我骑马很难看！我干活笨得很，还经常莫名其妙把手掌的皮磨破！我挖不到虫草，只会在草地上弄到满手牛粪！我根本就不了解她，我不知道怎么哄姑娘开心，我要是曲西，都不会喜欢我自己。

我扎完了一只卷草环[一]，又接着扎。

"你生气了。"

"没有，真的。扎西，你说得对，我要能追到曲西，除非脱胎换骨。"

我想脱胎换骨啊，和你一样。我羡慕你啊，羡慕你会讨姑娘的欢心，如果我也能哄得曲西每天开心，那什么都行啊。你看理塘那些小伙子，人家在舞厅里头学追姑娘呢，而我，不去舞厅，我啥都不会。我不会说谎，不会在电话里说热辣辣的情话，连句藏式的吆喝都喊得不地道。我都不知道今天我是个什么发型，我脑袋上和你一样沾着石灰，像个鸟窝！扎西，我没有资格生气。

我指指身边那个盒子："我就是这样追曲西的，不知道她在哪里、在干什么，我却在这里胡思乱想，画一只盒子。"

扎西仰面躺在壁板上说："你不要生气哦，其实是我喊他去要的。"

"你喜欢曲西？"

[一] 卷草环，是彩绘花卉环发展的顶峰，又称"唐草"。是一种从西方的茛苕叶和葡萄藤蔓演变而来的纹样。

"不是的,是我嫉妒你。"他尴尬地笑了笑,说,"还有点生气哦。你有电脑,有工作,还有钱,我什么都没有;你想到哪里就到哪里,像个神仙,我天天要画画,吃石灰;你可以陪在你爱的姑娘身边,天天看到她,爱情,是不是?我呢,那些姑娘,没有我爱的啊!我不会找到自己爱的姑娘了,我最后会找个有钱的丑姑娘结婚,耶耶耶耶。"他站起来。

"我很快就要老了。"他说,"我那个朋友后来号码没有要到,我吓唬你的。其实曲西并不讨厌你,她只是担心,心里面看你比看我们重得多,她只是故意装得很冷淡。曲西是个好女孩,现在这么好的女孩很少了。"

我冥思苦想,说:"扎西,来看看,这个铜环的花纹我是不是刻反了?"

"你怎么选这个花纹,这个是用在我们藏族人大门拉环上的。"

千里之外,仓央嘉措推开小门,"住在山下拉萨,我是浪子宕桑旺波"。

扎西,你是甘孜田野的孔雀,我是长江之滨的鹦鹉,彼此虽然相距千里,却相遇在小城理塘。我们都不是八廓街上的浪子宕桑旺波,我们的家乡平凡无奇,我们的童年只有自己记得,我们的道路尘土飞扬,我们的黄昏漫长。

我们是干瘪的麦穗,我们是河中的沙石,可是我们相信自己是宕桑旺波,要寻找自己心中的玛吉阿米。

第一天，我在盒子里涂上绛红色，盒底画上白色的九色鹿，还把盒子的锁钮漆成金色。

第二天，我在盒子四壁画菱形的吉祥纹，画歪一只，补救了半天；金光闪闪的锁钮，一擦就立刻显出蓝色的铁色，我忧心忡忡，不停地重抹。

第三天，我在盒子的内顶盖慢慢画卷草回环，然后分别用金粉和铜粉勾勒，一直到半夜。我以藏式的沉默，盘腿坐在昏暗的灯光下面，身边放着冷了的糌粑团子，在弥漫呛人的漆味中，舌头顶着牙齿，慢慢地描。

像是个真正的画匠，像是个真正的浪子。

这种蠢事

意希的胳膊上,文着几个并不工整的汉字,那是他几任女朋友的名字。文得有深有浅、有大有小——表达各自不同的历史和情绪。他的全部恋爱史,挽起袖子就一目了然,简直是一根贴满告示的电线杆。

有一天,我对意希说:"那你给我也文一个吧。"意希兴奋地问:"当真?"我说:"当真。"他说:"你要文什么?"我说:"给我文个吉祥的藏文符号吧。以后我一看到这个符号,就会想到在理塘的生活。"意希想了想,觉得有道理。

这个话题后来没再提过,我以为意希忘记了。

今天,猫爪一样湿漉漉的雨云从四处的山顶上耐心地爬过来,又一次仔细地抚摸这片冰冷的草原,白杨树在冰雹里又老了一天,火炉里融化着温柔,生活压弯了地板。这种天气最适合围炉夜话。意希带了瓶墨水回来,简单地说:"你也许快走了,该文了。你去曲西家里,拿一根顶大的缝衣针和一段棉线,我就给你文身。"

今天是跑不掉挨针了,不过我一点都不担心。我去曲西家,问她妈妈要了一根顶大的针和一段棉线。费力地解释了很久,她终于明白我是要文身而不是缝衣服,她摇头表示很不赞同。但是既然汉子说要文身,那便没有可说的,于是她把最大的一根针放在电炉上烤了很久,坦然交给我。

我一直觉得她是个很有英雄气概的阿姨,有着热烈的高原红,总是神气地坐在茶桌旁,会打很响的呼哨,用布绳将孙子捆在背上的姿态则很像赵云。

小屋里热气腾腾,拉姆和她的妹妹也来观礼。意希把线紧密地缠绕在针上,然后蘸满了墨水。他说,要文什么呢?当然是文藏文,我觉得文扎西德勒太多了,文个藏文的"藏"又太没个性,还是就文一个字母吧。我们决定文"唵"这个字,就是六字真言的第一个字母,吉祥的文字,而且我也觉得这是藏文中最优美的一个字。至于地方,我说小腿行吗?文了藏文的小腿踏入雪山消融的水里,我觉得很有趣。但是意希说不行,小腿会沾上泥的,不能在那地方文,这对藏文字母不尊敬,我说那就上臂吧。

意希要刺,扎西说:"我手快,我来。"刚刺了第一下,小画匠曲结就担心地说,文身不容易抹去,以后找工作可就麻烦了。当然,文身是没有意义的，甚至是个蠢事，但是并不比任何别的事更没有意义、更蠢。

画匠的小屋里臭烘烘的，隔夜的啤酒和高原的潮气泛滥成灾，山寨手机引吭高歌。伍噶的女朋友，靠在男友肩膀上，有些羡慕地看着我。文身似乎是男人的专利，文身的姑娘都是理塘人眼中的坏姑娘。细细的蚂蚁叮咬一般在肩膀上滑过，有的地方是尖锐的痛一闪而过，叹息声在喉咙口，还没出来，第二下又来了。阿姨挑的针，果然是根坚决的好针。

我突然想起，几年前在图书馆初看萨特的小说，整日整日地看。萨特说，人生没有意义，只有行动才能带来意义，行动创造人。在他的小说《自由之路》里面，参军的马蒂厄，一枪未发就一路败退，最后法国投降，他们被德军包围在一个小镇子上，等着缴械。但是马蒂厄自己爬上了一座钟楼，向德军开火，他说："我怎么也得抵抗五分钟吧。"

他就真的打了五分钟的仗，只为自己一个人打，一颗颗子弹出膛，直到德国人把钟楼给轰塌的那一刻。

世界上没有不凡的人啊！我想，只有凡人做出了不凡的事。我的文身，可不是不凡的事。不过，这也许是一个好的起点，一个好的记号。

那只蚂蚁边爬边咬，针尖有条不紊地改变我和肯定我。在一切犹豫中，在这几个月的时间里，现在，我终于觉得我正式是一个真在苦追姑娘的男人了。我文了身，我和马蒂厄一样也坚持了我的五分钟，我也打光了我所有的子弹，手无寸铁，但是我还会打下去。

至于我的塔是不是倒塌，我也不害怕。

扎西不停地和我说话，所有人不停地和我说话，怕我疼；我假装痛得惨叫，女孩子就瞪大眼睛，更紧地靠在男友肩上。我得意地笑了。

最后扎西喊，好了。果然一个靛蓝色的"唵"，仿佛一团冈拉梅朵，爬上了我荒芜的肩头。简直像是顿悟时的喟叹，又像是一声叹息。

这个"唵"，也是来自古印度的宗教吧。古印度人说，世界就从梵天的一个"吽"中诞生了。这个字，就是世界的终极奥义。我看着世界的终极奥义，无思无欲。

那天晚上，由我开始，画匠们开始了新一轮的文身，意希在肩上文他父亲的名字，伍噶在虎口上文姑娘的名字，意希让我在他肩上写他父亲的名字，说文汉字好，汉字笔画少，不受罪。于是我用钢笔在他们的肩膀上写下工整的汉字，特地用的繁体字。

针尖密密落上去，意希裸着上身，疼得直喘气——大概是肩上更疼。下针更快更密集了，意希不说话，他低着头，避着身边的师弟们，对看着我的我说："我不是疼，我想念爸爸。"

意希的爸爸，是村里的会计，是甘孜雅砻江边第一号能人，是白塔建筑师，是最精美的大门建造师，是万能的机器和电器修理匠，是矛盾调解大师和头号婚礼司仪。他故去已经三年了，所留下的，是种种精美的造物,柱头上依然锋利的藏刀,党证上一张一寸的黑白照片。

意希的妈妈走了很多地方,想要放大这张照片。她不让意希带在身边。

很快,意希的肩膀上就有了两个大字,是他父亲的名字。

第二天,我得意地将袖子挽到肩上,去曲西家喝茶。

曲西好奇地看了看,就去玩了。阿妈拉姆笑着摇了摇头,似乎在说:哦呀,这种蠢事,我可见得太多了。

我的菩提树
神山崇拜

我站在风口,就像十个世纪以来无数的祭山者一样,面对冷雨中的理塘城,默默地思念和祝愿。然后向高空的烈风中抛出无数片风马,下雪一样。它们仿佛天地间无数的低语,仿佛绽放的无数心愿,瞬间就消失不见了。

我的菩提树

理塘的毛垭草原就像滚热的炉膛，我是其中一块渐渐烤熟的小面团。日晒下，我的眉眼渐渐融化，世界在熔炉中被打造，一切都变成了切身的感觉。

曲西在前面，走过了一座桥梁，俯瞰河水，水光潋滟，眼波明媚。我跟在后面，脸上感到寒意。

一条土路遥遥上山，和我的喉咙一样干燥。

"哎——哎——"曲西喊，她站在路口，漂亮如水的眼睛似乎有些埋怨地看着我。

我知道她在喊我，还知道她要说："你在这里等我哥哥，我先上去上课了哦。"于是我烦躁地打断她，上前一步，把握了很久的矿泉水递给她说："你在这里等我哥哥，我先去上课了哦。"

在旁边的几个年轻喇嘛居然哄笑了起来。

这姑娘当然不希望在朋友们面前,和一个古怪的人一起走来,我郁郁地想。我陪着她一路走来,在这里她却要独自上山。她像是一朵格桑花,我像是一只甲虫。

而我的确是古怪,连小狗都对我拼命地叫。

是啊,你让我先走,我就得先走,我要走到哪里去呢?我真想和你一同走上去啊,跟着你也可以,我来不就是为了看你吗?

说这些没用,曲西躲在阴影里,等待她的姐妹们。这片荒原真热,更没可干的事情。我摇摇晃晃走上火山岩,鼻子里干疼,仿佛有干涸的血块。没有人需要我,今天没有意义。

佛说,渴爱如箭。我也懒得躲箭。

灰扑扑的牦牛群走了过去,古老的熔岩堆积在低矮的山口,像皱纹一样挤压过来,熔岩之中勉强撑着一座小小的寺庙土黄色的墙壁。苍黑的岩壁上,靠着几幅六字真言的石刻。有一幅居然是用台球案子刻的,颜色剥落,像是一幅干裂的油画。

这处荒凉的火山岩和局促的寺庙,倒是彼此成就了对方。而这,就是一个僧人办的免费文化学校,曲西和我来听课的地方。

上课的时间还没有到,远方依然白云如线,我像个失去记忆的旅人。我走到僧人的禅房里和他聊天,这是个清瘦的僧人,坐在一块旧得没了毛的毡子上。这个小小的补习班,正是这位僧人组织的。

寺庙四周的土墙,已经苍黑一片,凹凸不平。我说:"这墙怎么黑成这样,是不是酥油灯熏的哦。"

他苦笑:"不是哦。信徒们来庙里,总要以手或者以头触墙壁,慢慢地,成了那样了。其实,原来上面有画哦,你看嘛。"

我在暗色中,瞪大了眼睛,鼻子几乎趴在了冰冷的土墙上,还是一无所获。

"你要仔仔细细地看哦。"

终于,漆黑油腻的墙壁上出现了一只有力的足,死死地踏住恶魔。有紧握金刚杵的手,愤怒的瞳孔和狰狞的角。

在这大黑天神的线条下面,还有更古老的壁画,已经看不清颜色。墨线淡淡若无,勾勒的是苦行僧,清瘦贫弱,扶着拐杖,像是走在古代广阔滚热的荒原,尘沙漫漫,迢迢远路,依偎着荒野里孤独的树。

"那些个和尚,是四大金刚[一]。"他高兴地拍着手说。我说:"金刚不都是威武像吗,为什么反而像苦行僧?"他肯定地说:"古时候,金刚就是那样画的。"

更多的壁画像雨中的倒影,在酥油灯摇曳的光影下,渐渐浮现:是供养人,是信徒,还有华丽的长袖、象牙和古人忧伤的眼神。他们惊喜地看着佛陀诞生的那个早晨。那时世界初生,一切明净真实,他们成群结队,彼此交换着我不懂的眼神,说着无声的话语,侧耳伫

[一] 四大金刚,是佛教中四尊守法尊天神的代称,分别是东方持国天王、南方增长天王、西方广目天王和北方多闻天王,是佛教伽蓝中最为重要的护法神。

立,若有倾听。天空中无数的花朵,无声飘落,湮没于黑暗的墙壁中。

摇撼这墙壁,仿若能见落花无数。他们在倾听花落的声音,似喜似怒,似嗔似痴。

我看着画上人身边有一棵孤零零的树,它柔软的枝条,像一只瘦弱的胳膊,并没有果实。我就问那僧人:"这个是不是菩提树哦?"

僧人凑过来看:"不知道哦,菩提树会是很大的吧,这个太小了,真不知道。"

若是两三年前,我会对此兴趣盎然。我喜欢古代绘画,现在有了考古的兴趣——如果连身边的姑娘都没法追到,哪有兴致再去打探古人的风流呢?

尽管如此,我还是能肯定这寺庙不可能建于唐代,于是很谨慎地说:"这壁画不是文成公主那时代的。"他很有些吃惊,指头仔细地轻轻拂拭过古老的墨线。

"怎么不是呢?就是的啊,你再看嘛,你仔细看。"他自言自语地说,用手指细细地抚摸古人的衣纹。

我突然明白,自己无法真正说服这位坐在旧毡毯上的僧人。这里干渴如沙漠,小庙衰朽,墙壁漆黑,日日夜夜,风雨摧残,但那熏黑的古老壁画,在他的心中大放光明,照彻山河。这个菩萨是不是唐代所画,或者佛像胸前的珊瑚是不是真的,即使我拿出有凭有据的解释,也根本不能动摇他内心那个金色的世界分毫。

于是我转换话题,说:"寺庙穷成这样,怎么还请得起汉地的老师来给学生上数学和英语啊?"他笑着说:"那些老师是自愿的,都是好人啊,没有花钱哦,你听,上课了。"

我的心赶紧飞了出去,匆匆告别出来,跟着曲西她们走进佛殿的正门。这是三开间的寺庙,孩子们胡乱地坐在各个角落里。现在在上数学课,一个干瘦的汉族女老师在教课,让人浑身发热的干燥天气里,她还裹着羽绒背心,面容疲惫,嘴唇干瘪,用广东口音费力地说有理数和无理数。下面的孩子则自行其是。

偏殿那边,在上藏文课。那是规模最大,上课的人最多,气氛也最庄重的课。喇嘛老师们受过数十年刻苦的朗诵、拼写、辩经和逻辑的锻炼,他们中气浑厚,身体壮硕,态度严格,学生们服服帖帖地盘腿而坐,冥思苦想,听得懂的目光灼灼,不懂的愁眉苦脸。

回到这边,数学课上完,还要讲《弟子规》。讲课的是一位十多岁的年轻喇嘛,他的父亲是汉族,母亲是藏族。他盘腿坐在佛像前,声音细弱,说孝道和兄弟之道,说立身洁净之理。

"说到孝道,呃,才让,你知道爸爸的生日吗?"

"……"

"那妈妈的呢,你知道吗?"

"……"

"你知不知道自己的生日?"

"还真不晓得……"

"你坐下,你不孝啊。对,你不孝。"

"曲批，我问你，我昨天让你去给妈妈洗脚，你洗了吗？"

"我去问了哦，老师。她骂了我一顿。"

"坐下，你不孝哦，不孝之子。"年轻的喇嘛对我笑笑，又问，"同学们想想，除了替爸爸妈妈洗脚之外，还有什么可以做的？"

有人高呼："替老师洗脚！"许多人响应，小老师很窘。

有人思索后恍然大悟："替自己洗脚！"老师更是哭笑不得。

但是坐在大殿最后面的人，根本不关心《弟子规》，他们的眼睛贼溜溜地在姑娘们的辫子上扫来扫去。我看到曲西油亮的马尾辫和粉红色的棒球帽，她真是好看，像是画中的菩萨，像是传说中的仙女。

我要是这里的小伙子，哪怕被她哥哥打死，也一定要追着她，要到她的电话号码。几年前，我也是这么做的，也从来就没有后悔过。

佛堂里这种古典式的师徒问答饶有趣味，不管在苏格拉底时代还是在禅僧中都能找到渊源，尤其适合玄想。热烘烘的佛堂里，我盘腿而坐，终于恍惚入梦。

梦里，我第一次独自旅行，告别朋友，一个人坐船穿过三峡，夜里看那些水墨山影，久久不寐，如有隐忧；两年前，我独自坐在郎木寺一间庙室巨大的古代战争壁画下，坦然睡着，不知魏晋。

梦里，我在上海，远离理塘和曲西，而不是像这样，前后相邻，坐在一个小佛堂中。

响起一些好奇的掌声，梦醒过来，我还是在理塘这座热烘烘的佛堂，但是曲西不见了。她已经走了，没有叫醒我。隔壁房间刚下藏文课的姑娘和小伙子们如释重负地出来，乱糟糟地找鞋子。

我看到了上藏文课的曲西的哥哥和他的朋友。

"再不来了，哎哟，规矩大得很，要盘腿坐起在，还要……这种……样子。"那个自称"天才"的朋友比画打坐的姿势说，"再不来了！"

"再不来了。"曲西的哥哥也说。

我知道他们明天还是会来。还是会坐在墙头，晒得发焦，像是两棵烤干的向日葵。

"曲西去哪儿了？"

"回家了哦，她烦得很，不要管她。哎呀，走，我们打台球去。"

我一个人走下山坡，向理塘城内走。

眼前的理塘，荒原辽阔如铜镜，阳光炙热。在动荡的大地上，这片死火山贫瘠得寸草不生，遥远、坚硬、与世隔绝，钉子一样扎根在这个角落。喇嘛在他的禅房里读经，远处看得到牧人小小的黑帐，那上面缓缓升起了牛粪烟。

我在曲西家的炉子边还曾写过一段小诗：康巴，康巴，女人把生活在围裙上摩擦，男人脚踩滚烫的天涯，老人躺在玛尼堆上慢慢融化，六字真言永不坍塌。

远处遥遥可见的，是理塘城高大的白塔的金顶，曲西的妈妈和阿姨，每天会来转塔。这座白塔，同甘孜县雅砻江边意希的爸爸生前亲手修建的白塔一般高大，但是更为雄伟。

那座意希爸爸修建的白塔一尘不染，瘦长如海螺一般。夕阳斜射着金色的雅砻江，波涛上悬着金色的吊桥，白塔顶闪耀着黄铜的光芒和江水的波光。

意希说："我觉得我爸爸这辈子，哪怕什么都没有干，就修过这一座白塔，也值啊。"

白塔标记着理塘城的方向，我在滚烫的天涯大路上走着，白塔忧伤的眼看着我。没有人等待我，不知道哪片天空会看着我老去，我是天涯一羽毛。

生活在别处，地平线会公布明天的许诺，在思维的漫游中踏上许多条道路，翻过大山，越过大河。我的旅行，究竟有何意义呢？曲西说过她不爱旅行，她的梦想，就是每天和最好的朋友一同吃饭。

我踏过那条干涸的小河，心想，意希现在已经回到家了吧。

他会每天眺望父亲为自己建造的白塔，和心爱的姑娘一同走过父亲耕作过的田野，抚摸父亲种下的青稞穗。这是父亲脚尖擦过的小径，指尖摩挲过的白塔——孩子，你要幸福。

那是父亲一辈子送你的礼物。意希，你会幸福的。

我翻过小山，嘴唇干裂，步伐缓慢，天空已经有了淡蓝的暮色。最后的阳光，射在理塘的白塔之上，仿佛是一团赤红的火焰。

我曾问罗桑："我努力地追求智慧，可为什么我获得了知识，但并不幸福和快乐？"

罗桑反问："那你觉得什么能带来快乐和幸福？"

我走到这片大地上,难道不是为了幸福吗?我找到了吗?一天又要过去了,还是没找到吧。我干脆停下步子。

在日落的方向,我收拢起一朵吉祥的红金色,在蓝色的天幕下,它宛如温柔的花瓣,轻轻垂在曲丁贡巴⊖凉下去的金顶上。

我又渴又累,心生怀疑和疲惫,像是迷路的苦行僧,为了一个目的而千里跋涉。这片滚热的荒原,尘沙漫漫,远路迢迢,只有身边转为暗铜色的白塔。

我四下看看,坐到一棵小树下,这是棵孤单的树,像瘦弱的胳膊般。

薄暮冥冥,理塘人回到各自的家,推开门,那就是他们生活之所在,此外更无他。那壁画、苦行僧、路、信徒和天空垂下的花朵渐渐暗淡。

我突然就懂了。我懂了暗壁上古人忧郁的眼神,经过了两万公里的长路,我的心终于能和他们站在一起了。我自己也已经融入画壁中。走在古人中间,缓缓而行。世界刚从黎明中诞生,在我身边大放光明。那在画壁上,倾耳伫立,若有听察,似喜似怒,似嗔似痴的,不知身在何方的,正是我。

吉祥的花朵,垂在我的天宇上,铺展在我的路上,我和古人毫无区别。

⊖ 藏语"寺庙"的意思。

天空收起奇妙的光,这好像是一棵苹果树,没有结果。

我记得,曾经和意希走到甘孜一户人家的苹果树下,那里有几个姑娘在把藏文佛经翻译成汉语。藏文佛经是横写在长而扁的经页上的,奇妙整齐的藏文经文,彼此连缀。矮苹果树擦着我的头发,我伸手摘下一只冰凉的小苹果,酸得很。

"所以,在没有得到解脱之前,一定要为此而努力学习……由于他看书学习时一动不动,而且不畏酷暑和寒冷,其他和尚看他如此怪异的举动,就说他像是坐在天空中的天垒上一样,所以后来他就被取名为'天垒大赤巴㊀'……"

阳光射在信纸上,斑斑驳驳,酸苹果的气味飘荡,野蜂倏忽而去。工整宽扁的汉字,写得像藏文,还有圆珠笔的气味。姑娘们有些腼腆。

苹果树叶片片飘落在经书上,我啃着酸苹果说:"佛祖释迦牟尼是在菩提树下成佛的,你们则在苹果树下翻译佛经,有意思。"

"谁说的?"其中一个姑娘突然直起身子,伸展着两条结实黝黑的胳膊说,"这是我家的菩提树!"

是了,那是你的菩提树,"菩提本无树"。在这理塘充满酥油香的黄昏,我领悟了。

那壁画上柔软的曲线,是喇嘛的菩提树;白塔下初生的青稞,是意希的菩提树;你的菩提树近在身边,就在院角;而我的菩提树,远

㊀ 赤巴,意为"法台"或"住持",是寺院的最高负责人。

在天涯。菩提树，你没有形状，没有图画，没有果实，连个故事也没有。

但是你要去找到它，你会疲惫不堪，你会心生困惑，你会踏上迢迢远路，野望无人。你会来到一棵树下，瘦弱的树，但你爱恋它的千万树叶。你依靠着它的树枝做梦，你依恋它微弱的气息，它向你垂下柔软的枝条，那就是你的菩提树。

黄昏了，该回家了。

我站起身，滚热的酥油茶等着我回去喝，降措和曲巴等着我去抱，这个夜晚等我去度过，这条路等着我去走，这段回忆需要我去填满。这就是意义了，一切都落在了实处。

那小小的庭院里，拴着阿日，开着牦牛吃残的格桑花。推开有梵文字母装饰的铁门，走上黑暗的楼梯，打开电灯，向右转。

那里，她在洗头，千万柔枝滴落芳香的水滴。那就是我的菩提树。

你的心若是冰吧，我会暖化它；你的心若是金吧，我会烧熔它；你的心若是山吧，我会撞开它；你的心若是果吧，我会吃了它。

这是我朝圣者的脚，这是我雄鹰的心。男人，不就是干这个的吗！

神山崇拜

众所周知,我的沟挖好之后,就一直没有下雨。那条大蛇般的沟渐渐成为笑柄,然后就消失了。

有一天,突然就下起了雨。高原的冷雨看起来好像不会停息,牦牛被淋得油光水滑,像一块块黑色的鹅卵石飘过冰冷的道路。

后来又有一天,流浪的小狗突然望着忧郁的天空,毫不在乎地拖着脏尾巴,在街上飞奔。一直跑,一直跑,跑得气喘吁吁,然后它突然停住了。天上出现一角蓝天。

天就放晴了。

设想一下,你在茫茫荒原上跋涉了几天,呼吸都沉重不堪,眼神僵硬,草海无边。突然,一片草海之上,耸立起绝壁悬崖,苍茫地面对苍天，不可翻越，超越生命。此刻，你必是心生敬仰，不由得顶礼膜拜。

神山崇拜，就此起源。

广阔天地之间，最早的信仰都是自然崇拜。最大的自然是威压头顶的天空。天空无所不在，草原无边无垠，人们就堆起一个小小的石堆，让人可以跪下祈祷，感受命运的卑微。蒙古的敖包，藏地的玛尼堆，或许就是这样来的。康巴人在转白塔时，也会在白塔下堆起石头，这是古老的传统，每块石头，或可看作一个最小的神龛。

神山就更不用说了。既是山，也是一座无主的神坛。

扎嘎神山脚下那个越来越远的小寺庙，据说是莲花生大师曾闭关的寺庙。罗桑就是这座寺庙的守护人，他要盖的白塔就在这座寺庙里。

他曾指给我看岩壁某处："你看到吗？那里有莲花生大师的手印和天然形成的六字真言。"他指着某处嶙峋的灰白岩壁说。

我倒是看见了身边绝壁上有几处白色的痕迹。罗桑说："古代某位高僧曾在山上的岩洞里闭关。闭关结束后，他走出岩洞，两手空空，轻松地从绝壁上飘然走下。"

他又指着一片四周有塌陷的光溜溜的岩壁说："像门吗？那就是个门，不过我们都看不见。"

佛教到来以前，据说理塘也曾是恶魔横行的地方，后来莲花生大师降伏了扎嘎山上的恶魔，用它的脑浆写了六字真言。

　　罗桑的这座小小的寺庙安静地坐落在扎嘎山旁肥美的小草原上，优美地翘着飞檐，垂挂着黑色的毡帘，帘上一边是白海螺，一边是一只白鹿。

　　罗桑站在这个古战场边，一面是佛教的寺庙，一面是沉默的神山。他的白塔正在兴建。他手里握着念珠，坦然而立，似乎守护着扎嘎山的不言之秘。

　　佛教就这样静静地招安了自然崇拜。

　　扎嘎山，我这是第几次来了？

　　我和曲西、次仁曾在山顶一个著名的预言小洞里，半信半疑地领受神山对自己命运的暗示：洞口被一团哈达塞住，拔出哈达，伸手进去乱抓，抓到什么就拿出来——里面的东西当然是前人随意丢进去的。我抓到一个软东西，拔出来一看居然是个布满泥土的奶嘴；商人次仁抓了两次都是钱，我觉得他是故意的；曲西抓了两次，分别是塑料珠子和奶嘴，她兴高采烈地撇撇嘴；次仁的孩子降措抓出来的是女孩子用的铁发卡。我大笑说："这孩子以后要成花花公子。"他的爸爸次仁也笑，说："哦不，我娃娃以后身体像铁一样好。"

　　寺庙边的草地上，阿妈拉姆指给我看一种野草，上头长着红色的穗子，她豪迈地说："以前……饿哦……我阿妈的阿妈……没有糌粑吃的时候，就吃这个。我没有吃过。"

我们也曾在神山上采过蘑菇。我累得两眼发黑，全身湿透，跌跌撞撞，神志不清，收获却不多。措姆嫂子过来分辨蘑菇是否有毒，结果发现我采的大部分都有毒。她非常遗憾地看看我，把一把能吃的蘑菇攥到手里，然后把满满一袋有毒的蘑菇递给我。

看我满脸失望，措姆嫂子安慰说："你采的菌子——好看哦。"

回到家后，曲西在蘑菇上抹上酥油和盐，放在黑铁的藏灶上烘烤。她端给我，说："你吃吧。"我笑着接过来。她就是给我发绿的、辣人的毒蘑菇，我恐怕也会吃的。

我们已经走到山顶，这里是献给神灵的煨桑和风马。

各家汉子们的褡裢沉甸甸地挂在肩头，在恭敬地堆起的柏树枝上，撒上糌粑，一起燃烧。浓厚的烟雾烈烈蒸腾，做生意的汉子、开卡车的汉子和种青稞的汉子，眯着眼睛，从褡裢里掏出一把把青稞，抛向烟中，口中模模糊糊地叫着：啦嗦嗦嗦嗦，啦嗦嗦嗦嗦。

阿爸泽仁抱着一大捆柏枝放到火上，他身后莫名其妙落下一根小树枝。我在他身后拾起来，这却不是秃树枝，上面开着一朵奇异娇艳的小花——和昨天曲西的藏装是一模一样的鹅黄色——绽开欲滴的微笑。

这是神山的启示吗？我目瞪口呆，头上雨点般落下了汉子们抛洒向火堆的青稞。

撒完风马，就要下山了。

我站在风口，就像十个世纪以来无数的祭山者一样，面对着冷雨中的理塘城，默默地思念和祝愿。然后向高空的烈风中抛出无数片风马，下雪一样。它们仿佛天地间无数的低语，仿佛绽放着无数心愿，瞬间就消失不见了。

羊卓羊卓羊卓⊖，向上向上向上；当卓当卓当卓⊜，走吧走吧走吧。我向着地平线迈步前进，并不回头。

⊖ 这里指的是羊卓雍措，简称羊湖，是西藏三大圣湖之一。位于雅鲁藏布江南岸、山南地区浪卡子县境内。

⊜ 指当卓寺，位于西藏自治区日喀则地区定日县协格尔镇查那村，是一座藏传佛教寺院。

坏苦与喜乐
画匠顿珠的爱情

我们是干瘪的麦穗,我们是河中的沙石,
可是我们却相信自己是浪子宕桑旺波⊖,
要寻找自己心中的玛吉阿米⊜。

⊖ 宕桑旺波,出自仓央嘉措的诗句:住在布达拉宫,我是仓央嘉措;住在山下拉萨,我是浪子宕桑旺波。

⊜ 玛吉阿米,藏语的意思是"未出嫁的少女",传说中她是仓央嘉措的情人。

坏苦与喜乐

今天曲西不在,早上我还看见她对着镜子戴上了金耳环。我照例打了水、读书、拉大锯、画画、喂狗,中午回到家里,居然空无一人,连孩子都没了踪影。偌大的藏居,上下两层,只有我一个人。

画着鲜花的小房间门关着,我小声地喊:"曲西!曲西!次仁!"无人回答。

几乎可以确定没有人了,我无聊至极,于是恶作剧一样大声喊:"崩——崩——"

阴暗的走廊里,洋溢着曲西的气息。棒球帽挂在栏杆上,留着她馥郁的发香,粉红色和她是那么相称;梳子扔在窗台上,小巧可爱;护肤霜躺在箱子上;衣服胡乱摊在羊毛毯上,懒散得犹如迟睡的莲花瓣,主人却不在。

我刚来的时候,曲西一家人经常大喊"崩——崩——",然后曲西就高声应着"啊——哦——",从楼上下来。我觉得这个应答方式非常古典,既有询问,也有承诺,总觉得唐代人肯定就是这么打招呼的。

后来发现几乎理塘所有的康巴女人,在回答别人的召唤时,都是"啊——哦——"。至于"崩——崩——",我实在搞不清,觉得那仿佛是她的小名,后来我也随着叫曲西。

"崩——",她却没有"啊——哦——",而是左右看看说:"你有什么事?"

我问曲西,崩是什么意思,她恼怒地说,没有什么意思。我说,不可能没有意思,我经常听到你妈妈喊"崩——崩——"。

我赶紧不喊了,因为曲西已经显然面有愠色,这恼怒的表情和她妈妈一模一样。我简直可以想象出她当主妇的样子。

后来我知道,"崩"是我听错了,其实是"布姆",藏语"姑娘"的意思。如果我在一个康巴人家,找不到水喝,就大可以喊"布姆——",声震屋瓦,他们家的姑娘就会从最不可思议的地方,例如窗帘后面或者柴火堆里面跳出来,"啊——哦——"

我在阴暗的走廊里喊了一会儿"崩",正在过瘾。底下有人应了,"阿——哦——"。

我赶紧下去打开门,结果被两个小脑袋撞在肚子上,同时伴着藏味浓重的普通话"嗖嗖,嗖嗖——"。降措和曲巴就是这样喊我叔叔的,他们喜欢我。曲西的妈妈和嫂子回来了。她们去逛街了,一般曲西会在后面跟着,但她今天没有去。

午饭时,阿爸泽仁、曲西的两个哥哥都回来了,曲西还没有回来。虽然我很想问,但在康巴人看来,关心人家女儿是很没规矩的。所以我转弯抹角,假装漫不经心地打听。

"哎?崩,甘卓?(姑娘呢?)"

"曲西?跳舞去了。"阿爸泽仁对饭和曲西的兴趣没有对鼻烟的兴趣大。

这下我彻底惊讶了。跳舞?跳舞!理塘的酒吧是以混乱出名的,去里面跳舞的姑娘很快会被人搭讪,猛追,鸡飞狗跳,等等,何况是曲西这样的姑娘。阿妈拉姆一向治家严谨,为什么会突然许可曲西去跳舞呢?我悲伤地看着阿妈拉姆,而她喜气洋洋,意气风发。

我记起来,前几天,曲西会把门关起来,在里面一个人练舞。我在房间里看书,听到隔壁传来地板的震颤声,就闭上眼去想太阳光照在她胳膊上的样子。

原来如此。

还是不甘心。"那是哪家酒吧里头?"我终于问出了口。

"酒吧?"阿妈拉姆吃了一惊,"啥子酒吧?"她虽然不懂汉语,但是对这个词很厌恶。

还是阿爸泽仁听懂了,他漫不经心地嗅着鼻烟,心照不宣地看我一眼:"酒吧不是哦,她教小娃娃跳舞,马上过六一咯,要跳舞。"

我几乎都能听见心里面大石头落地的"咔嚓"一声。

那在哪家教人跳舞呢？我还想厚着脸皮问下去。这时四岁的降措勇敢地冲过来，猛拽我的脸，大喊"卡杯酿捉（去买咖啡）"，这举动进而维护了我的尊严。

下午来了，最漫长的下午。

我又走在理塘的街上，东西南北。东边是前往罗桑家的道路，北边我很讨厌，那是离开理塘的道路，南边是草原，西边是通向巴塘和温泉的道路。

我在哈戈村里走，我在康南村里走，我在泽马村里走，我在扎西村里走。我在仙鹤街上走，我在吉祥街上走，我在格聂南路上走，我在康巴街上走。

我想，今天一直都没看见曲西，郁闷。

曲西也许中午没吃饱，我可以给她买些老干妈和牛奶。一想到她会高兴，我也觉得心里舒坦起来。

但是，心情马上又转为糟糕：人家小伙子会通过珍珠般的情话来表达，会在她耳边絮语，而我只会拿出油腻腻的老干妈辣三丁和德芙巧克力，千篇一律。我在她面前，简直老实得如同牦牛，什么花招都用不起来，说话都磕磕绊绊。想都不用想，她怎么会喜欢我呢？

我郁闷地走，走到第二完全小学门口，听到里面的歌声，心想原来这里在排练，那也许能看见曲西。于是又转为高兴，大步向里面走。

里面没有曲西，只有一个小伙子在演唱。他头发帅气地烫成卷，旁若无人地对着宽阔的操场鞠躬、致辞、演唱，声音清亮、潇洒、步伐矫健。这些藏地的小伙子们，天生就有自然的明星气质，毫不扭捏。

我干巴巴地坐着，听着他的歌声像是清凉的雨水，浇过理塘的大地。我要是个姑娘，我也喜欢他啊。我半是痴迷、半是欣赏地听着，苦乐参半。失望、寂寞和嫉妒的苦，同希冀、向往和喜欢的乐好比一株同茎共生、相向而对的两朵花，无时无刻不相互伴随，掺杂难解。

例如，我辛辛苦苦地在路上走了四天，到了理塘，走进曲西家的院子，正在高兴，却发现曲西神色淡然。于是犹如一瓢冷水当头泼下。

我发现被子被整齐地叠好了，高兴，想去找曲西说谢谢，结果发现嫂子措姆在叠家里的每一床被子。

买了花，放在曲西的窗台前，高兴；打水回来，发现花马上消失了，难过。过了两天，花出现在家里的餐桌上，又高兴；发现好像不是我买的花，又难过；知道是阿爸泽仁带来的，又高兴……

我的心情，像是一幅被反复涂抹、反复刮掉的油画，最后全成了乱糟糟的一片。

我还在继续画，继续刮，所谓"人不堪其忧，回也不改其乐"。

鸟会爱上牢笼，狗会爱上锁链，但是这毫无疑问是痛苦的。

我曾经听罗桑和一个汉地来学佛的朋友J哥聊天。罗桑捧着一大碗土豆饭，J哥还有轻微的高原反应，他们都是懂佛经的人。

他们聊着佛理，开始以我为解析对象。

罗桑指着我说："啊，你看，他就是个有烦恼的人了。再，你知道变苦吗？"

J哥怎么晒也晒不黑，只有鼻梁一处晒得发红，他马上就明白了："哦对，这个我们汉地叫作坏苦，也叫变苦。"

我正在看一头小牦牛被狗吓得乱跳，刚刚发了信息给曲西，所以甚是快乐，我问罗桑："什么苦，我哪里苦了？"

"变苦，就是开始快乐，后来就苦了。比如说，你饿了吃东西，是快乐的，但是一直吃，吃太多了，又变痛苦了。这就是变苦。"罗桑吃土豆饭吃得满头大汗。

"所以说，这种饿了吃东西的快乐，并不是真的快乐；如果是真的快乐，就无论吃多少，也不会变化为苦。"J哥给我解释。

"为了这个乐，苦也是值得的吧，否则怎么知道乐是什么滋味呢？"我说，一副无可救药的"无明"样。他们俩不无遗憾地看着我，于是又重新说起佛理。

曲西一直不回短信，我终于感觉到自己的苦了。于是我就看罗桑的佛经书。

米拉日巴活佛背着唯一的财产——他的陶罐去修行，不小心摔了一跤，罐子掉在地上。他去拾，罐子已经摔破了，但是罐子里所煮的荨麻，天长日久，居然也凝固成了罐形，又圆又绿，宛然又是一个罐子。

活佛于是开悟,张口成诗:陶罐现有又现无,例证有为皆无常……我的财产唯此罐,如今罐破是上师,宣示无常之法真奇哉!

我似乎也有所开悟。画匠们与曲西的亲戚们所见的,乃是真实的曲西:一个普通的康巴姑娘。而我眼中的她,则是月下的倒影,风中的明眸,是虚无的。

她的朋友们和真实的她玩得开心尽兴,这个幻影却对我冷眼相对,让我毫无进展。我执着于幻影,执着于陶罐之形,不得解脱,日日自我束缚,被变苦折磨。

我要解脱,我要快乐,我下定决心。

不知是谁说过,如果一个人手中只有榔头,则一切困难都表现为钉子的形状。我也算是个读书人,因此我从书中学解脱。

我先去看《庄子》,庄子说古代的混沌,本无七窍,后来每天被开了一窍,七窍全开就死了。这话有道理,七窍全开,心智太过聪明是要短寿的。我应该绝圣弃智,憨头憨脑,对曲西的行动和表情,愚昧无知。

再来看王阳明,只见他说"你未看此花时,此花与汝心同归寂;你来看此花时,则此花颜色一时明白起来,便知此花不在你的心外"。

这个就更有道理了。闭起眼睛不看就好,她不存在,不存在,没有去跳舞;那个唱歌的小歌星,也不存在,不存在。

我闭了一会儿眼,走进走廊,那个到处是曲西气息的她的王国。

我看着梳子，这梳子有点旧，而且颜色也发暗了；我再看她的衣服，为什么乱乱地堆在一起，和毯子分不清楚；最后拿起她的棒球帽，这是一顶非常普通的帽子，理塘大街上所有少女都有一顶，我闻了闻，很香。

我觉得自己的修炼已经有所成就，我已经把她看作一个普通少女了，更仿佛自己不在阳光明媚的理塘，而是在上海了。坦坦也，裕如也。

我兴致勃勃地读《金刚经》，努力向罗桑和J哥学习。

"凡所有相，皆是虚妄，若见诸相非相，即见如来……"

静悄悄的午后，突然听见下面阿妈拉姆喊："崩——"

然后传来曲西的声音："啊——哦——"

她回来了她回来了她回来了。

我坚持坐定，继续读佛经。反正老干妈辣三丁在桌子上，面包也在，她会看见的；而且阿妈拉姆也会照顾女儿的。

"我证微妙诸法，犹如以箭射毫毛之端……"我朗读着，盖过底下的说话声，我耳朵听不见了，但是我闻到了新鲜牧草的气味。好吧，我现在又用鼻子开始想她了。

"萨玛萨哎（吃饭去吧）。"这是措姆嫂子的声音。

"嗯——唵——"这在理塘是否定的意思。我听到了扫帚的声音，曲西在下面干活儿，叉牛草。

耳朵，鼻子，全都放下执念吧。我不去帮她，她不存在。

普通姑娘，不在心外，我不去。

"拔除渴爱之箭，忧……忧苦自然消失。如同水……水滴荷叶，不留痕迹，咳，痕迹。"

"曲西，唉——姆闹唉（曲西，不要弄哦）。"这是她嫂子担忧的声音。

我扔下书，跑下楼去了。这个姑娘特别爱逞强。院子里阳光明媚，果然，她穿着运动服，叉着一大堆过重的草，晃晃悠悠。我赶紧提起草叉，不顾她的抗议，挑过她的草，猛干起来。

措姆嫂子和阿妈拉姆都劝："你不要整哎，衣服弄脏了。"

甚至小降措也冲过来拉我的腿："不要整，不要整！"

不过他们也知道，只劝一遍即可，因为我是不会丢手的。

曲西，我的月下仙女，在旁边抱着干草，看也不看我。

干草屑飞散，很快我的衣服就灰扑扑的。

"再衣服弄脏了哦？"措姆嫂子好心地问。

我把干草抛上草垛，突然莫名其妙地加了一句："脏了就让曲西洗嘛！"

康巴姑娘是要替家里人洗衣服的，不过之前我不愿让曲西来洗。

我抖抖脑袋上的草籽，偷瞟她一眼，看她的脸上似乎有点愠怒，于是就又说："不过还是我自己洗啊，曲西是不会替我洗的。"

雨要来了，草垛越来越高，金色的灰尘弥漫四周，家里人都进去了，只留我和曲西。

和曲西擦肩而过时，她垂着脑袋，辫子用发卡整整齐齐别在身后，在干草摩挲的脆声里，我突然听到她压低到几乎听不见的声音。

"我会洗的……"

画匠顿珠的爱情

我和画匠意希,还有曲西的一个表姐,沿着寺庙后山的小路走着,山坡像牦牛的脊背耸起,我的眼睛飘过理塘潮湿的草原,沿着宁静的小路走过倾斜的白塔,眼前就是寺庙了。

理塘的长青春科尔寺是康南地区最大的寺庙,在寺的僧人约有两千多人。寺庙西面,在经师的宅邸旁,是一座暗红色大殿,即所谓"觉康"⊖,画匠们正在里面彩绘。我们掀开黑牦牛绒纺的门帘挂毯,走进大门,眼前一暗,柏树枝的香味扑面而来。

几个大妈在宽大的木槽边耐心地挑拣着柏枝,意希说,这一边堆放着的几吨柏枝,都要填在大铜佛的肚子里。许多老人靠在一线阳光

⊖ 觉康,也叫"祖拉康",意为供奉佛祖释迦牟尼的殿堂。

下，围坐在一壶酥油茶边，边打磨无量寿佛的白铜头饰边聊个不停。他们笑着高举铜饰给我看，白铜被打磨得闪闪发亮。意希说，这些老人家，都是自愿来为寺庙服务的，为求得来生的功德。

一扇小门上，用粗绳悬着有法力的牦牛木乃伊。我从牛肚子下走过去，经过理塘寺黑沉沉的厨房和全康区最大的锅，见正在烧柴的老喇嘛热得满头热气；走到观音殿门口，那里还能看到磕头和供奉酥油灯的人。一个小伙子显然是许了愿要照顾酥油灯的，他在狭小的殿里忙得团团转，照顾此起彼伏的上千盏灯。

藏传佛教的寺庙，有古典时代建筑曲折回环的风格。这里不仅仅是佛堂，也是生活和学习的空间，垂直空间上分成复杂的数层，光线曲折，弥漫着浓郁的酥油味。

第一次带我来庙里的是曲西。三年前，她带我爬到觉康的最高顶，为了看建无量寿佛铜像而搭起的密集的脚手架。她害羞地爬啊爬，爬到殿顶的铜鹿旁边，害羞地举起手指，做出 V 字的照相手势。

我说："真漂亮啊。"

她闭上眼睛，挺不自然地说："OK。"

如今，无量寿佛的大铜像已经就位。阳光洒下来，照亮了他桌子一般大的铜脚趾。几个铜匠，蹲坐在大佛宽大的脚掌上，为托举法座的狮子的白牙齿上漆。

三年前的影子在殿顶俯瞰我们。我走上大佛正对面的一个阁楼，阁楼正对着大厅。意希和我说，这个大厅，是今后用来辩经和考试的地方。而这个阁楼上，则是高级喇嘛和讲师们休息之所。

我们走到上层，这里光线更为明亮，绛红色的木柱整齐地排列在走廊、立柱和横梁之间。木匠们已经竭尽所能在大块石料上雕刻，龙头、虎头和鱼尾从木柱里挣脱而出，处处是卷草纹和海浪纹的木柱窗棂，斧凿之处尚还湿润，光线昏暗，木香飘溢。

走廊寂静无人，壁上是画了一半的菩萨，他高举的法器在云端金光闪闪，坐骑却只是墨线勾勒出的形体，画师将给这永恒不动的马绘上火焰迸发的龙珠、经书和飘带。再向上看，几十米高的大殿里，是成千上万各种姿态的菩萨，最高处是上了色的，下面是没上色的，甚至是只画了发髻的。他们的身体渐渐没入黄昏里，层层叠叠，优美地伸展着肢体，仿佛是诸神佛悄悄地隐入古老的石墙中，直升入昏暗的苍穹。

有几个拉萨来的画师，蹲在墙壁前，以藏式古典的透视法画着寺庙的殿堂，还画着喇嘛的各种靴子和帽子。我们绕过去，走进一间厢房，里面空无一人，只有一道窄窄的梯子，通向半空中杂乱铺成的支架；低头爬上去，一时间满耳都是人声和欢笑，是人的脚臭、呼吸和温暖。

小小的支架上，蹲着二十个画匠，有师傅有徒弟。他们有的满头乱发，有的戴着厨娘一样的脏帽子，有勾勒石膏线的，有大把涂红漆的。一个汉子在药师佛的小像前伸着懒腰，旁边的人在乱糟糟的颜料罐子里找一张文了花的牛皮纸蓝图。还有个小学徒，坐在角落里，悠然点着火，在小罐里用汽油煮熬金粉和铜粉。呛人的烟雾缭绕之间，他神态自若，仿佛是个炼丹的小道士。房子的另一角，堆着他们的铺盖和炉灶。四面都是油彩斑驳和笑盈盈的脸。

那些石窟中的敦煌画师，和站在教堂天顶上的米开朗基罗学徒，其实没什么区别。你永远也不知道是谁画了这些壁画，是谁勾勒了佛的手指。

曲西的表姐叫曲珍，她以前在文化馆跳舞，是个圆脸的漂亮姑娘。她在外面怯怯地说："你们进去，我在外面等你们。"

画匠们说："你带了个美女来啊？在门外为什么不进来？"

那女孩当然不敢进来。路上，意希和她说了年轻画匠们的种种劣迹：要么堵住漂亮姑娘的路；要么摘去她的帽子，一定要得到她的电话号码，否则就不还她帽子；甚至还会吓唬说要揍她。漂亮姑娘吓哭了，心疼自己的帽子，六神无主，只好答应。这种追女孩的方法，居然成功率很高。

他们还会说："啊呀呀，藏族姑娘都变了，开始喜欢汉族男孩了。"

他们就这样蹲坐在屋子里简陋的支架上，一画就数天光景甚至数月。在他们的笔下，吉祥的花朵一天天爬满整间屋子。累了就开手机放音乐，吃糌粑，扭一扭。其中，在柱子边默不作声，翘着小指描画着龙须的那个画匠，是顿珠。

曲西说，顿珠长得很像李俊基。他的歌声清脆悠长。但是顿珠不爱说话，何况他并不是明星，他只是个给藏民居和寺庙画壁画的画匠。顿珠和意希他们，都是曲西家的房客。

顿珠是甘孜县人,在家里是干农活儿的,后来受了当地活佛的资助,学了六年藏式绘画,这就成了壁画师。壁画师是个古老的行当,只不过在汉地慢慢消失了。在康巴地区,藏民们对装饰有喜好的传统,所以他们是藏地常见的一类自由职业者。这个行列中还有刀匠、木匠和裁缝。其中,画匠勉强可以算得上艺术家,所以更能吸引姑娘。

"为什么理塘姑娘会喜欢我们画匠呢?"画匠扎西问我。

"你们会说好听的话,让她们开心;你们还会吓她们。可怜那些牧场上的姑娘了。"我说。

"不对,因为我们都在室内画画,比牧民男孩子皮肤白,而且见识多,也时髦多了。"他说。

画匠们通常不是理塘本地人。理塘是高寒牧业区,人口稀少,特产乃是牧民。画匠多来自人口稠密的康北,甚至来自金沙江以西的昌都地区、拉萨地区、日喀则地区和汉地。他们三五成群,在理塘的小巷里转悠——找生意也找美女。找到要彩绘的人家,就开始谈价格了。有美女也不错,他们会凑上去死活要到美女的电话号码,当不当女朋友,就两三个电话的事。

但是顿珠不找理塘女孩玩。他有个理塘的女朋友,这很正常,但少见的是,他们在一起已经有两年之久,这姑娘的名字叫拉姆。

拉姆,是藏语仙女的意思,这也是藏地司空见惯的女孩名字。拉姆来找顿珠,这是个高大的、漂亮的、沉默的二十二岁女孩,总是戴着一顶粉红的棒球帽,闷声不响。她虽然不识字,但是很有主意。她家里兄弟姐妹有十二人，以前是牧民，后来做上了虫草生意，也算是当地的富商之一。

意希在街上指给我看拉姆的哥哥，那是个气宇轩昂的康巴大汉，豹眼虎须。

两个人是如何好上的呢？当然是因为顿珠他们给拉姆家里画过画。

请这些年轻的画匠来家里，对纯真的姑娘们来说往往是一次奇妙而危险的经历。理塘的婚嫁，出于习俗，以父母包办居多。姑娘们羞羞涩涩，所见的只有身边的亲戚、哥哥，还有就是理塘满街都是的长发小伙子。他们人人号称是歌星，整天开着摩托傻乐耍帅。她们浪漫的圈子，不过是姐妹间的私话，邂逅也总不外围绕着水井、河边和节日。

然后，这些该死的画匠们就从宿命的地平线外走来，到了理塘。他们走南闯北，能说会道，时髦优雅，还自称是画家。画完一天之后，布满油彩的蓝脸上，裸露着艺术家的忧郁，晾晒着走天涯的沧桑。

正统的理塘人家很警惕他们，说这些画匠们爱偷东西。是否如此我不知道，但是他们曾经偷看画画人家的姑娘换衣服，对这些姑娘的身材了如指掌，这些是他们自豪地亲口所说的。在曲西家住下没几天，他们就对邻近姑娘的爱好、性格和小名都掌握得一清二楚。也就是说，他们几乎向曲西家附近，两座水井和草原之间所有人家的姑娘，都求了爱。

他们还托曲西送情书或捎口信。他们今天说，"曲珍，你是我最爱的姑娘。"然后，明天又说，"卓玛，我爱你。"

有一天曲西终于说："喂，到底谁是你的最爱，大骗子。"

他们似乎有些畏惮曲西，虽然对我说，那是给我面子，但是情况并非如此。他们畏惮曲西，是因为似乎和我一样从她那对明朗如蓝天的眼睛里看到了，和她母亲一样、与生俱来的"理塘县德巫乡仁驹家"的沉稳和坚决。

顿珠他们在拉姆家里画画，画匠们怂恿顿珠去调戏没有读过书，在家做家务的拉姆姑娘，让她洗他们的脏衣服。拉姆洗了。还衣服的时候，顿珠就把写了自己电话号码的纸条塞给拉姆。拉姆不识字，但是电话号码是认得的。然后，他们就好上了。

这种故事司空见惯。我们画画的时候，意希会突然对着一个在下面洗衣服的姑娘大喊大叫，那姑娘裹着厚实的头巾，抬起眼来看看。我们完全看不到她长得是美好还是平庸。意希说："看那姑娘，我告诉你，她牙齿是黑的。真的，黑得不得了。啊呀哈哈，这就是理塘的姑娘。"

他推开窗户，打呼哨，高喊，嘲笑，唱歌。那姑娘愤愤地用力洗衣服，粗黑的辫子蛇一样盘在脖子上。

后来我知道，意希发疯地爱着那个姑娘。我和他被各自的想念弄得昏昏沉沉，在康巴人家的墙壁上涂着红漆和金粉。

不过美好的开始往往并没有美好的结束。水井边的爱情，善终的很少。保持联系首先就很难。不识字的女孩，电话也没有，信息也发不来，每天在家里不许出门，颠三倒四地瞎等，没精打采地洗衣服。

男孩或者每天守在水井边上，或者不得不去求她的姐妹们。要是牧场上的姑娘，男孩还要提防牧场上的恶狗。如果冒险去打女孩爸爸或者哥哥的手机，男孩往往会遭到一顿痛骂，而且女孩也要连累着挨打。

一切只剩下一条路：私奔。在这里私奔并不是玩笑，而是现实。他们没有钱，私奔到拉萨，或者成都，或者天涯的任何角落，艰难地活着。几年后，也许带着孩子回来，也许一个人默默地回来，好像什么事也没有发生过。

私奔的事情，是极少数。男孩倒是无所谓，但是背弃父母的养育之恩，背弃家庭和一切回忆，对一个从小在父兄身边长大的康巴姑娘来说，是永远难以愈合的伤痕。

所以，更多的情况是，男孩气哼哼地出发去闯天下，往往也就在异乡认识了打工的姑娘，忘记了水井边的爱情。女孩则继续每天为父兄端茶倒水，她是不是伤心，这是不能问的。藏族的规矩，哪怕是父兄，问姑娘谈恋爱的事情，也都是极其不礼貌的。几年之后，若竟然能再见面，也往往姑娘已经嫁人，拉着孩子的手，低着头悄悄看看，就转过身去，永远地走开，然后回家煮茶。

夏天阳光灿烂，我每天依然只有三个小时有意义。画匠们不停地更换女朋友。

意希说有一个女孩曾经为他洗了一年衣服，做好饭等他，什么都不求他的，但是意希仍旧还是不喜欢她。最后还是分手了，分手的时候是个夜晚，那女孩还在给他洗衣服。女孩擦干双手说："我明白了。我唱首歌送给你，这首歌叫《下辈子不做女人》。"

"那女孩边唱边哭，哭得好伤心啊。"意希说。

我说："后来呢，那姑娘如何了？"

"我……不知道哦。"意希说。

然而，顿珠和拉姆奇迹般保持了两年的恋爱。据说有一次，顿珠从家乡来到理塘，拉姆的号码已经停机了，他和拉姆失去了联系。十几天后，拉姆突然打来一个电话，接到电话的时候，意希说顿珠居然哭了。在无事可做的夜晚，朋友们去外面骗姑娘的时候，顿珠经常守在家里，围着电炉，没精打采地等电话或信息。而拉姆，不识字的拉姆，也莫名其妙地学会发信息了。

虽然发的信息总是千篇一律，例如"你吃饭了吗？""我睡觉了。"

顿珠也只会回复："哦，那我也睡觉了。"

那些无事可做的夜晚，画匠们干活儿回来，倒在自己的床铺上，衣服上色彩斑斓，睫毛上落满蓝粉，眼睛熏得红肿，嘴唇上沾满石膏，指甲上金光闪闪，听着音乐，想着心事。顿珠就和拉姆聊着电话，有时候两人还莫名其妙地吵一架。

顿珠说："我给你发了信息哦，在？你没有看到？那我咋个办咧？啊？不是唉，我没得去酒吧里头哦！"

拉姆直接挂了电话，顿珠死人一样躺在铺上，用被子压住脑袋。于是我们用空可乐瓶砸他的屁股，直到拉姆又打来电话。

他的床铺上，贴着拉姆和他的照片，还有哥们儿和老师在青海塔尔寺、甘肃拉卜楞寺和拉萨的各大寺庙画画的照片。顿珠用金粉画了个大大的心，央求我用汉语和英语写上"永远爱你"，他自己还用墨笔在边上勾了匹很飘逸的飞马，马头正冲曲西家的大门。

那些夜晚，就那样过去了。生意好的时候，我们打开音箱听音乐，喝啤酒；没生意的时候，就听音乐，喝茶。有时候他们甚至没有热茶，就求我去曲西家打一瓶茶。

比起种青稞和打小工的农民，画匠们的收入还可以。生意多的时候，差不多一个月两千块钱。理塘这几年虫草卖得好，他们就一直在理塘画，给许多理塘人家装饰新藏居，慢慢攒下钱来，是想给自己盖房子。

扎西的弟弟伍噶很得意地说："我和我哥哥，每年各挣一万寄回家。五年就有了十万，可以盖房子了，盖两层。我哥住一层，我住一层；或者盖里外两套，他一套，我一套。"

他喝下一口啤酒，神往地说："那时候我才二十三岁，找老婆就容易多了，该有多快活啊。"

哥哥扎西长叹一声："画家，画家，画的都是别人的家。"

其实拉姆很崇拜画匠顿珠。拉姆低头坐在床上，一遍一遍地翻看顿珠他们画画的草稿。顿珠在右手虎口上文了拉姆的名字，拉姆就一遍遍新奇地抚摸那些红肿的、不认识的汉字。小屋里住着五个画匠，顿珠和拉姆挤在一张木板和水泥砖随便搭的床上，他们总是同时感冒。

我刚来玩的时候，拉姆把帽檐压得很低，坐在床上，一双大眼睛警觉地看着我，嘴唇咬得紧紧的。后来我们熟了，拉姆也经常憋出两句古怪的汉语，招呼我喝茶。我接过她的茶碗，才发现这姑娘的手，火热宽大，且非常有力。

顿珠的朋友笑着说："你不知道吗？她是牧场上放牛的姑娘啊。"

画匠和放牛姑娘现在碰到难题了。

拉姆的父母和哥哥，开始坚决不同意招这个穷画匠进门。拉姆的哥哥痛打了拉姆，然后说："你要是再敢出门去见那画匠，我就打死你。"

拉姆说："阿布（藏语的哥哥），你是做生意的人，你总要出门去卖虫草的。我告诉你，阿布，你一出门，我就去找顿珠。你回来可以打我，要不你打死我好了！"

拉姆还是跑出来找顿珠，哥哥也就经常打她。最后拉姆干脆就不回家了，有时候住在顿珠这里，有时候住在小姐妹家。她身无分文，中午就靠糌粑充饥。我说："走，我带你吃饭去。"她就兴高采烈地跟着，她还说："阿布，你不要和顿珠说哦。"

我骑着自行车，载着她满理塘乱转，找地方吃午饭。她到店里就拘谨得很，埋头吃完，拉我就走。她最喜欢干的事，就是求我陪她去找顿珠他们画画的房子。因为顿珠不让她来，她就安静地坐在楼梯口，神往地看木板上日日增添的色彩。

我说你去饭店当服务员打工吧。可拉姆去了一天，又不干了。她看着我，坦然地摊开手，歪着脑袋窘迫地说："阿布，来的客人好多都认识我，问这问那，我不敢再干了。"

我说："啊呀，曲西也做过服务员，她也不愿意做。不过她是因为讨厌客人对她吆喝，对她发脾气。"

"哦，阿布。"她坦然地搓起了糌粑，放了许多的糖。糖和糌粑都便宜，她搓得一塌糊涂，小狗恰巴塘都不吃；她还把挂面都煮糊了。可见她在家里什么也不做。

后来，离家出走的拉姆就在顿珠他们画匠中间帮忙打杂，给藏茶桌上的花纹上金粉。这个活儿是很简单的。

画桌子和画普通藏居，没什么区别。所画的东西大多千篇一律，无非藏八宝，花朵、白象、狮子、宝瓶等，颜色则是华丽夺目。前辈的大师们已经留下众多完美的图例，只需照样临摹出来。先在牛皮纸上用铅笔画出图样，沿着图样用缝衣针细密地扎上洞眼，把牛皮纸蒙在木板上，扑蓝粉；撤去牛皮纸后，木板上就留下无数模糊的蓝线。画匠们像蛋糕师傅一样，通过细铁管在壁板上依着蓝线挤出细细的石膏线，勾勒出图像来。勾勒是最重要的环节，石膏要挤得不粗不细。如果堵死在管子里，就要用嘴吸出来。所以要区分是画匠师傅还是学徒，就看石膏吃得多不多，看嘴唇是不是布满石膏点。

拉姆的工作就是在石膏线干了之后，用金粉和铜粉分别涂满，使之显得富丽堂皇。但是这个放牛的姑娘毫无美术天分，而且大胆蛮干，常把金粉和铜粉全部搞反了，于是很快被降级到只能刷底漆的职位。她却干得专心致志。

而且她也觉得，我这个阿哥很能帮她撑腰，所以和顿珠生气了就来找我玩，甚至有时候没事干时，还坚持要给我做发型，一双指甲缝里满是糌粑的大手把我的脑袋拨来拨去。我就吼："走开！"但是没用，她修长的手指坚决地插在我晒干的头发中间。

顿珠苦着脸看着，也说不上是不是吃醋。他慢慢戴上软绵绵脏兮兮的小厨娘帽，磨磨蹭蹭去寺庙画画。一路上连牦牛也不正眼看他。

给寺庙画画，比起画民居，要讲究得多。首先，寺庙所画的花样，多少都带有宗教说教的意味，要体现佛教之美。让喇嘛仿佛置身佛国的等待室，让各色人等一进寺庙，就仿佛站在无数佛祖的注视和教诲中。寺庙的彩绘，就是一本立体豪华的宗教画册。在顿珠他们绘画的屋子里，横梁两端分别绘有一个海狮身鱼头的怪物和一个豹身羊头的异兽。顿珠曾给我解释过，海狮是要吃鱼的，豹是吃羊的，而将这两个死敌合为一体，正是佛教化解敌对，不杀生的精神。碗橱的抽屉上绘着龙珠，碗橱门上则分别绘有站立的公鹿和卧着的母鹿。顿珠还压低声音告诉我说："这间静室与众不同。因为壁板上，画着白色的和绿色的森格⊖，它们做出双臂抬法座的身姿，这是只有大喇嘛才能享受的规格。"

⊖ 藏语"狮子"的意思。

顿珠就这么每日绘着平和吉祥的花纹，想自己的心事。画着龙珠，他不知道如何向家里人解释；画着象牙，他不知道和拉姆该如何走下去；画着花朵，他不知道该怎么面对拉姆的家人。

现在拉姆的家里已经无可奈何，提出了最后的条件：可以给小两口造一栋自己的房子。条件是，拉姆和顿珠必须一直住在理塘。

顿珠烦恼死了。他的母亲已经过世，家里只有父亲和爷爷两个男人，还有两个没出嫁的妹妹，他们累死累活地种青稞和土豆，没有女人主持家务的日子，几乎快过不下去了。家里张罗着给他找媳妇，也已经很久了。如果他提出此后就住在理塘，在硬气的父亲、爷爷和舅舅们面前，是少不了要被痛揍一顿的。

一片乌烟瘴气中，扎西依旧每天晚上给不同的女朋友打电话；意希担心钱不够用，担心老母亲身体不好；顿珠则愁眉苦脸，院前一片泥泞，日子沉重得像热乎乎的糌粑。

有一天晚上，意希向我解释了顿珠和拉姆的打算：顿珠决定带拉姆私奔。顿珠带她回去，就在甘孜住了。这是个口头协议。

不管怎样，顿珠决定先带拉姆回一趟甘孜的家，去见见父亲和爷爷。

临行的晚上，我们买来啤酒和瓜子，打开音箱放歌，为他们送行。夜深了，意希突然哭了，说感觉自己再也看不到顿珠了，顿珠永远也不会回理塘了。

顿珠在发愣。意希说，他是在想，顿珠明天究竟该笑着进门，还是哭着进门。扎西说:"好啊,好小伙子,出去画画,钱没挣到,带媳妇回家了。"

我悄悄问顿珠:"你回去以后,把拉姆留在家里,是自己出来画画还是怎么办?"

顿珠说:"种田吧,我觉得种田也没什么不好的。"

拉姆低着头,和曲西在一起,没心没肺地打着手机游戏。拉姆的长发是粗而黑的,曲西的马尾是轻柔而微卷的。

我说:"顿珠,《毕业生》的电影里面,本恩带着新娘私奔时候的表情,和你现在一模一样。"

顿珠苦着脸说:"本恩是什么人?藏族人么?拉萨的吧?冬哥你要来甘孜看我们啊,我还是你妹夫呢。"

他们走了。拉姆可能是第一次离开理塘。我这个妹妹一如既往地平静,看不出任何激动。曲西拉着她的手,偷偷说:"要回来玩哦。"我看看她,又看看曲西,不禁感叹藏族姑娘的沉稳大气。

几天后,接到电话,谈判结果如下,顿珠家坚决不同意顿珠去理塘;拉姆家表示,他们不认这个女儿了。事情到了这个地步,也是没办法。甘孜的喇嘛说,一定要在十二天内结婚。

顿珠不断打电话来,这几天在甘孜发生的事情简直是一幕幕闹剧:拉姆不会抓糌粑,在抓糌粑的时候,一大块酥油掉到地上去了。

拉姆第一次挨了顿珠的打,因为她叫顿珠"灰太狼"。顿珠很尴尬,看看周围乡亲汉子们期待的眼神,觉得不能辜负人家的希望,就用锄头在拉姆屁股上磕了一下。我马上打电话和顿珠说:"你不该打人家,你确实有些像灰太狼。"顿珠急了:"那也不能当村里人的面喊啊,现在我妹妹都喊我灰太狼了。"

拉姆负责拾牛粪。结果,那天,牛莫名其妙地拉不出牛粪——我们怀疑拉姆在喂牛时做了手脚。

……

有一天黄昏,曲西咬着手指看电视,突然对我说:"你把顿珠他俩的故事记下来吧,我觉得很感人的。"

顿珠打电话来说:"哥,你来参加我们的婚礼吧。"

那奔腾流淌的雅砻江边,碧玉般的青稞田里,卷起裙子弯着腰干活儿的,会是你吗?在村边冰凉的河水洗去满脚黑泥的,会是你吗?头发散乱边洗碗边怒骂孩子的,会是你吗?我放牛的拉姆妹妹。

你还会记得,在理塘,那个夏天自己的模样吗?

泽批喇嘛
不舍的告别

由于文字是神圣的,所以知识也是神圣的,在很多传统藏族人的心里,还没有不好的知识或者没用的知识这些概念。他们固执地认为,知识都是好的,文字都是神圣的,书都是圣洁的,读书人都是崇高的。

泽批喇嘛

第一次来理塘寺大殿的时候,是两年前。我的方向走反了,逆时针方向转殿。我逆时针走到正殿的东北角,高高的酥油灯下,摆放着一张舒适的坐榻,茶桌上摆着酥油铜茶壶,桌后坐着一个年迈的喇嘛,悠然自得地扫视着空无一人的大殿。他说:"你走反了。"然后呵呵地笑了。

我就势坐在他脚边,聊了许多——关于康区古老的战争,关于他一度还俗的生活,关于他第一次看见铁鸟,等等。我这才发现,他就坐在时轮金刚壁画下。时轮金刚,就是时间之神。金刚的脸隐在暗处,抱着明妃,在酥油灯照映下,人影幢幢,好像施法让我们回到了古老的元朝,一时勾动我的许多思绪。我看着金刚想,如果有机缘,请让我回到这里吧。

第二年，我又一次来到理塘。

这次来，我还想见他，但是这次，我准确地顺时针转殿。坐在同一张榻上的，同样在永不褪色的时轮金刚壁画下，永不熄灭的酥油灯照耀下的是一个年轻的喇嘛。他没在闲思，而是聚精会神地看经书。

是不是我转殿的顺序不同，就会遇见不同的人呢？是不是两年前走上理塘草原时，先向左拐，没有去看跳舞，就会有和现在完全不同的人生呢？佛教说，万法虽空，因果不空。

我走过去打招呼，一张精明诚恳的脸抬起来，汉语说得比我还快，还急促，可还带点口吃。这就是我和泽批喇嘛——我的藏文老师的初识。

之后每天下午，我都去他那里上课。他的家在扎西村，也就是吉祥村，在白塔和仙鹤广场之间。村里的道路永远泥泞，我小心翼翼地找出较干的泥块落脚，泽批就一次又一次尴尬地说："啊呀，这些人家，水乱倒，太烦了。"走到了路口，还是一片泥潭，泽批又加重语气感叹："啊呀，乱倒水，太烦了。"他拽过我的自行车帮我推，还很小心地不让泥泞得好像古董般的自行车碰到他洁净的喇嘛红裙。

一到大道上，他就手足无措，低头而行，我赶紧把自行车接过来。因为他说过："有些喇嘛骑自行车，好不害羞哦。"理塘街上，有许多着红袍的喇嘛，许多人会骑着摩托车呼啸而过。甘孜的画匠说："啊，真不害羞，我们甘孜的喇嘛从来都只穿红色的鞋子。"又或者，"好不害羞，我们甘孜的喇嘛从来不骑红色的摩托。"

我真的没有见过泽批推过自行车，许多时候，他都是捂着腹部，心事重重的样子。

泽批很爱读书,他没有近视真是奇怪,不过他有胃病,也算是个比较"知识分子的病"。每次我掀开他的门帘,都看见他盘腿坐在床上,就着窗口的日光在读书,大黑天神的唐卡悬在床头。

有一次我陪他兴冲冲地去新华书店买一本藏文佛经书《因明学要义》,他非常紧张地用结结巴巴的汉语和售货员大妈一通交流,结果人家给了他一本《家庭》杂志。

还有一次,他硬要拉着我去陪他买鞋子,说他自己不会还价,我奉命陪同。结果他非常窘迫地试穿了几双鞋子,又着火一样赶紧脱下来,呵呵地对我笑,抓着脑袋,脸憋得通红,大声说:"哎呀哎呀,歪得很,歪得很㊀。"几乎一条街都能听到,仿佛我们是特地来砸场子的。老板恼火地请我们出门,我们灰头土脸地走出去几步,他突然又回过头,紧张得直结巴,对老板说:"喂,诚心买买买的话,好好好好好便宜不?"

这位"阿克"㊁每次见我,都笑呵呵地拍拍我的肩膀,说:"帅哥,太帅了!"我受宠若惊,自信心爆棚。然后我们一起上街,一个卖凉粉的大叔迎面过来,点头致意,泽批笑着挥手对他说:"帅哥,太帅了!"在那之后,他一喊我帅哥,我就喊他帅哥,他马上就很窘,说:"我是喇嘛,我不帅。"

㊀ 当地方言"质量不好"的意思。
㊁ 理塘人对喇嘛的称呼。

他还会发汉语信息。有一次给我发信息，我开玩笑地回信息说：你是谁？

他就一本正经地回信息：我是理塘出家人泽批，你好。

有一天，泽批打电话来，问我："帅哥，我有事要问你。"我当时正在给曲西家推倒旧石头墙盖房子，但既然老师召唤，怎么能不去呢？于是我就丢下锄头，脱下手套，拍拍大狗阿日的脑袋，骑车去找他。

在他那间小屋里，他怕我听不懂，用非常急促和紧张的汉语，给我解释了五六遍，我用力点头。原来他今天在寺里认识了几个北京的游客，有意做供养，问他有什么需要帮助的。他就说乡下有一所宗教学校的小喇嘛学生们，生活很苦，需要帮助。还有，理塘寺的小喇嘛们，也需要作业本和钢笔云云。

他说："啊，他们让我告诉他们，需要什么东西，真的太不好意思了。"我说："你可以挨个儿问学生需要什么。"他更尴尬了："如果最后北京朋友给的东西要是不来，那我在学生面前就太害羞了。"我说："那应该把每个学生的姓名都记下来，以便北京那些好心人统计。"他重重地点头。

第二天，他又打电话来叫我。我照例带着满头土奔去，这次他说："我和铁棒喇嘛说了，他说娃娃们的名字不能给，好像我们卖娃娃一样，我们寺庙再穷也不能卖娃娃。"我想：老实的泽批，害羞的泽批，被威严的铁棒喇嘛一说，就如坐针毡了。

铁棒喇嘛，是寺里维持秩序的喇嘛，他的地位和威仪，只比活佛和堪布^㊀低。他的法袍背后有支撑，看起来肩宽无比，不敬地说，像一只耸起翅膀的大鹰。

我曾经在一次草原的辩经会上，见识过理塘寺铁棒喇嘛的威仪。上百学问僧坐在金顶帐里，在活佛面前击掌辩经，小喇嘛们活跃地东看西看。帐篷外，十几个小喇嘛候在熬茶的大锅旁，依次装满茶壶，然后飞快而安静地跑进去给老师和师兄师弟们续茶。铁棒喇嘛就立在帐外，监督这些灌茶的小喇嘛。小喇嘛们若交头接耳或是嬉笑打闹，都要遭到他的呵斥。转坝子的人，误闯这里，扰乱了川流不息的打茶僧，也会遭到他的斥责。我只听得懂"帕宋"，翻译过来，就是"快走开"！

之后，我们统计出来两处学校的娃娃们大致的需要如下。
四川省甘孜州理塘县长青春科尔寺法相院
学生僧：135人
联系人：泽批喇嘛
年龄：10~15岁
需要物资：卫衣／T恤（红／黄色）；练习本、圆珠笔、感冒药、创可贴、A4复印纸（用于复印经文）、童鞋、枕头及铺盖、书包、手套、牙具、棉袜。

㊀ 相当于寺院中的方丈。

雄坝小学

学生：22人

联系人：青绕老师

需要物资：大米、白面、清油[一]、木材（修建校舍）、童鞋、枕头及铺盖、书包、手套、牙具、棉袜。

我把统计表发给北京的资助者，他们说东西会分批寄来。我告诉了泽批喇嘛，他捂着脸说："向别人要东西，啊，太不好意思了。"

我赶紧说，我们还是来上课吧。昨天学到"La"的上加字了。

后来他买了两小袋无厂名厂址、无生产日期的牛肉，托我带给北京的朋友。

看我满口答应，泽批喇嘛如释重负地躺在床上，感叹当喇嘛老师的苦处。作为喇嘛，他曾经受喇嘛寺的指派，在乡下喇嘛寺所属的经学院教过娃娃学佛。放牛放惯了的孩子，不知道什么叫读书、什么叫纪律，可又不能打他们，因为"打了我就好害羞"；经费没有，娃娃生活艰苦，经常有生病的，寺庙又没有经费，只好老师自己来贴；没了吃的米面，老师也不得不来贴补。所以他说："如果援助物资来了，先给乡下的那所小学，太苦了，哎呀。"

喇嘛大部分靠家里供养，甚至长时间住在家里念佛。家庭的经济

[一] 四川人称纯菜籽油为清油。

实力决定了喇嘛活得是否潇洒。此外，凭着一张领取口粮的凭证，可以每个月从寺庙领取一百到一千元不等的津贴。泽批地位不算低，一个月也不过三百元而已。他主要的收入，就来自各种法事了。我经常见到满卡车的小喇嘛，呼啸着在草原公路上驶过，红袍飘飘，老师不在的时候，对着行人大打呼哨。听泽批一说，现在明白了，原来都是去做法事的。

泽批说，他很忙：早上六点就要起床，念经念到八点钟，然后去寺庙。上午要给他教的娃娃教念经，一直到十点半。接着，教娃娃们写藏文字，一直到十二点。吃过午饭，下午他自己要去经师那里上课。学到三点钟，然后辩经，辩到六点钟吃晚饭。晚上或者辩经，或者自己读经学习，一直到十点半。

对于泽批这样的学问僧，喇嘛寺是一座终生的学校，永不毕业。因为他们所求的，不是此生的舒适，而是解脱和智慧，是在寺庙俯瞰理塘全城的心境。

阳光普照的早上，他从家中的院子里，就能看见庞大的寺庙的金顶飘浮在晨雾中。于是他关上小屋的门，用僧袍的衣襟裹好一叠黄绫包的佛经，去上课。

下午强烈的阳光下，泽批从寺庙法相院下来，带着微微的胃痛，走过街坊高大的藏居，推开小院的木头门，坐到大黑天的唐卡下。如果天气太热，或者下雨，他就把围裙遮在头顶上。如果下雪，扎西村的路口会比较滑，因为有些"害羞没得"的人瞒倒水。

如果是赛马节,泽批会等在路边,同伴会开着拖拉机或者卡车来,捎他去草原。有时候,他给人念经超度,大概一天能有五十元收入。通常人死之后,要念数昼夜的经,以超度亡灵。

我请他给一个北京的朋友打卦,他认真地说:"我打卦不准,请我老师吧。"后来有一天他特地打电话通知我:"打卦好了,你那个朋友,要多拜拜大白伞盖佛母^㊀。"

他还有很多看不惯的事情,比如看到有的喇嘛天天不念经,他就大摇其头。他有许多师弟,渐渐地还了俗。甚至罗桑座下的两个小弟子,如今也长出了一头脏兮兮的黑头发。

我问过这些还俗的喇嘛,为什么还俗,他们都很窘迫:"读经读不来哦,不好耍。"

但是泽批不会还俗的,他是个职业僧侣。他瞻仰过佛祖诞生的地方,还参拜过那棵神圣的菩提树。

他说,跟年迈的讲经师告别时,他哭着说:"今后我见不到你了。"讲经师说:"不,你回去好好教书,我们会再见面的。"

他回忆着,幸福地笑着,给我看他珍藏的照片。老师坐在法座上,泽批喇嘛抱着一张证书,幸福地坐在师兄弟们中间。

因为要和北京的"好人们"联系,他有一次来我这里上网,也就是来曲西家上网。家里的女人,对喇嘛都是很客气的。他在那里忘我

㊀ 大白伞盖佛母,藏文名叫"杜甘姆",是诸佛事业的化身佛。

地上着网,向世界宣告他是出家人泽批。直到曲西挽着头发走过来,大方地笑着说:"阿克,我拿一下我的笔嘛。"

我们的阿克,庄严的泽批喇嘛,垂下头,脖子压到不能再低,头也不敢回,额头通红,好像千斤大石压在背上,用低到不能再低的声音说:"哦。"

不舍的告别

有天夜里,罗桑喇嘛突然说:"你是被烦恼带来理塘,又要被烦恼带去上海了,你是烦恼的仆人。"

我争辩说:"这也算是修行啊。"

罗桑哈哈大笑说:"你都没有开悟,修来修去还是烦恼啊!"

他的老师,更高更胖的格西,突然走过来,轻盈地在我脚背上踩了一下,然后仰天大笑着离去,就像一只硕大的天鹅。我没办法参透这禅机。

他们俩飘摇着远去,向乡下去;我则要向东方去。我开始恨这条孤单的三千公里路了,这条路在高山和草原之上盘旋,漂亮得惊心动魄,漫长得无可奈何。

雅安、天全,满是卵石的荒弃滩头;二郎山、康定,没完没了的藏居；还有这一路到处可见的眼神迷茫的牦牛——我已经看了太多。

藏族的谚语说：爬过长坡短坡，毫不停歇如手绕线团。

新都桥，高尔寺山，四千六百米，二十公里的漫长河谷；八角楼乡，对，这里还有个倾颓的白塔；雅江城、剪子弯山，无数弯道，每个弯我都走了好多遍；放牧白云的牧人，西俄洛、卡子拉山、道班、红龙乡的喇嘛庙，大河边，终于到了理塘的山口。

山梁山坳，如同纽扣，一个接一个。

要走整整两天。

回程就更加可恨。

一定有个阶段，西西弗斯㊀恨透了那块石头。

一走上理塘的街道，所有的疲惫和厌倦便蒸发而去。我看到曲西，我在扎嘎神山上爬得满手泥，我被草原的风吹得满脸沙，我喜气洋洋地沿着藏居泥土的墙，横穿理塘。

总之，别让我想到离开，以及那漫长的回程。一想到这个我就头疼，我的心态就完蛋。我的表白被曲西轻易挡开，简直比拍死一只苍蝇还容易。

㊀ 西西弗斯是希腊神话中的人物，是科林斯的建立者和国王。他甚至一度绑架了死亡，让世间没有了死亡。最后，西西弗斯触犯了众神，诸神为了惩罚他，便要求他把一块巨石推上山顶，而由于那巨石太重了，每每未上山顶就又滚下去，前功尽弃，于是他就不断重复、永无止境地做这件事。西西弗斯的生命就在这样一件无效又无望的劳作当中慢慢消耗殆尽。

她长圆的脸蛋,淡淡的眉毛,清澈的眼睛,对我的心机已经看得一清二楚,格杀勿论。

"曲西,你生气的话,我也要说,那个,我……"

"你不要说了,你去睡觉吧!"她会说。或者,"哦。"

她的心态悠然,我则见山不是山,见水不是水,心态浮躁得像没法冬眠的熊。我认真地体会着罗桑所说的烦恼,喷发着妄念,靠着藏居的石墙坐着,心想还不如张口咬块石头下来。而曲西早就不知道跑到哪里去了。

我不无沮丧地想:小喇嘛们可以组团来参观我,作为烦恼的活样本。

路边有人过来,是曲西的堂姐:"咦,你还没走啊?"

那我就走了,并且向全家宣布。

走的前一天夜里,曲西熬到半夜,等着最后用一次我的电脑。

她的父亲、舅舅、哥哥、妈妈,围在电脑前,出神地看着淘宝网上帐篷和藏垫出人意料的低价。做生意的阿爸泽仁用大拇指将鼻烟兴冲冲地塞进鼻孔,这已经是第四撮了,他困倦的眼睛里满是希望。

大客厅黯淡的角落里,曲西低声埋怨着:"快给我用吧,我都要睡着了。"

她耐心地等着,把自己所有的宝贝又看过了一遍,并且给一个小男孩解释了这些宝贝神奇的作用,比如心想事成的好运瓶子。

而她抱着的,装着所有宝贝的家伙,是我给她画的盒子,外面是仙鹤，里面是金错铜纹。

埋怨的话她是用汉语说的，显然是说给我听的。

她的声音弱弱的，我突然觉得她变得更温柔了……哦，她不过是困了。

现在只剩下了阿爸泽仁一个人着迷地刷新着宝贝列表，第五撮鼻烟。

"快给我用吧，哎，我真的……啊……要睡着了。"无聊到戴着墨镜的曲西说话都有些含糊不清了。

我非常心疼。有一次曲西的哥哥次仁和她闹着玩，对着她头发上喷唾沫星子，我莫名其妙地一巴掌拍在次仁的后背上。他肝胆俱裂，几乎要和我翻脸。

我觉得自己也应该有所担当，于是我就对阿爸泽仁说："伯伯，玛年卓亦（叔叔，去睡觉吧）。"我还想，他要是依然霸着电脑，我就想办法把电脑给弄重启。

阿爸泽仁依依不舍地站起来，高大的身形缓缓走了出去。曲西终于来了精神。

我把电脑交到她滚热的手里，不太敢看她惺忪的睡眼，我知道自己的价值已经实现了，现在我该安静地离开，连看都不该看她一眼。于是我就自觉地回到铺位边，拿起书本，这是本《巨人传》——不过我在曲西身边，从来什么书都看不进去。

我悲愤地想：她要是在网上碰到一个帅哥，开始网恋，我岂不是成了红娘，哎呀……

恍惚中我又想：我明天一定要对曲西说些什么再走，不过我想说什么啊？

大客厅里鼾声四起，曲西的那个角落里，电脑的微光亮到黎明。

黎明终于到了，以前我还试过偷偷地离开，但是阿妈拉姆总是能听见——她抱着孙子睡在地板上，耳听八方。然后她就气势恢宏地把曲西喊起床。

这个黎明非常安宁，酥油茶、油条、糌粑、降措滚热的胳膊和咳嗽。

但是我非常焦虑，我等待曲西和我独处的机会，全家人的目光似乎总寸步不离地跟着我，可我的话打死都要说。至于说什么，仍不知道。

曲西进屋了，我跟着她走进来。她转过脸，目光明净，微有羞涩，我突然什么也说不出来。我觉得自己和曲西一样，都是坦然的天性，但我此刻失去了话语，呆头鹅一样看着她。我所有的话，不是太冒失，就是太轻飘飘。我突然发现，我们还从没有真正两个人相处过——我都在干什么哦？

"我……要走了哦……"

"你有空常来玩哦。"她若有所思地走了出去，我恨不得把自己暴揍一顿。有空常来玩，说得轻松，路上要四天呢。

煨桑的烟里，我们走在理塘的街上，远处就能看到盘山的国道，这可真是实实在在的、有形的痛苦。我很敬佩自己的忍耐力。

无数人注视着,有人吆喝:"新龙,甘孜!"我心头一松,我不去那里。

然后就有人该死地大喊:"康定,成都!"

更可恶的是,这个满头乱发的家伙冲上来对着我吼:"只差一个,上车就走!"

我打算和他计较一番——如果没有车窗的位置,我就可以借此再等等。

可是一个好心的阿爸居然给我腾出了车窗,全车人笑容可掬地等着我。

分别的时候真的要到了,我还没有对曲西说出任何话。血管里似乎都流着冰凌,我简直是气急败坏地跟着曲西。结果,她给我买了瓶水,看着她的眼睛,我更伤心了。

我居然坐上了车,很怀疑是不是那个司机推我进去的。曲西、她的哥哥和朋友给了我最后的牵挂和嘱托,我和他们最后挥手,关上了车窗。

车子刚发动,我就大叫:"停车,停车,我东西忘记了。"满车的怨言,我猛跳下车,追上已经走开的曲西,我要对她说……她还没有回头,我猛勾住她细长的脖子——滚烫的少女的脖颈儿。

"你!干什么哦!"曲西回过头,害怕而愠怒地说。她的哥哥和朋友也疑惑地看着。

我感觉整个理塘县都在看我,我在她家里,不敢说的话,到这里还是不敢说。

完蛋了,一切都完蛋了。我期期艾艾地说:"哦,那个伞,曲西我在你家里丢了一把伞。那伞是红的,好像是蓝的,我也不记得了,是楼下邻居的。不知道他们要不要了,可能要的吧,他们太穷了。不过理塘好像也不用伞,你替我还给他们吧。他们太穷了,伞是红的,是我借的,哦,哦,对,伞,对。"

"哦。"

车子轻飘飘地离开理塘,雾气如打翻的牛奶,溢满草原。满车的闲话和欢声笑语。

我目瞪口呆,恨不得一头撞死。我紧攥着矿泉水,就像那是曲西。

说了一堆废话,我居然说了一堆废话!太窝囊了,太可悲了,我恨不得活吞下一吨鹅卵石,噎死自己。

我将有一年没法见到曲西。一年看不见她的眼睛,一年不会请她一块儿去玩,一年不会和她坐在一起。

一年守候在手机那边发愣,一年的困惑和等待,一年的烦恼。生命中永远无法弥补的一年。

"大哥,我有件重要的东西没拿,我要下车去理塘。"
"让他们寄给你嘛。"

"我……就是不走了……"我说。

"整啥子嘛,你这个人,走!走!"司机真的怒了。

车子沿着漫长的草原公路开走了,我站在路边,远方阳光初升,牦牛犊子欢快地跑着。一天内可以再看到一次曲西,我简直喜得有些发晕。

草原的风浩荡而来,似乎要把我连根拔起,吹到天边。我坐在灌桑乡路口的圆木上,等着回理塘的车。

如果没有车,我也可以花一天的时间,慢慢地走到理塘。这种事情很古典,也是我能做出来的,我虽然不敢对着曲西的面说情话,却善于忍耐痛苦。

将走未走,一个躺在大木头上晒太阳的老人问我:"到理塘做啥子哦?"

我也愣住了,对啊,见到了曲西,该说什么呢?

"如果你生气了,我也要说,就是,我……"

不对,不对。

"我还是想说说邻居家的伞哦,那个……"

真该死。

我瞠目结舌,不在曲西身边,也仿佛在她身边。我依稀看见她明媚如镜的眼睛低垂,头发整整齐齐地梳在额头上,等着我说些什么。

然后一切突如其来,千里群山也挡不住,一阵微风也能吹乱。那些话,透明得像水,我看见它在木头上生长着,它在风里吹着,它在路边晒着，它在草叶上爬着，实在没什么见不得人的。

是了，就是它。

我害臊没得了，我要去找一个布姆，面对面地告诉她："阿秋拉尕㊀。"

㊀ 当地藏语"我爱你"的意思。

吉祥的藏历年
梦中之梦
故乡

阳光照彻,万里河山,千年魂魄,九曲大河。这条滚热的路,我祖先的家园,从高原到东海,哪边是我的故乡?

吉祥的藏历年

时间如大雪纷纷落下。

在318国道上一路西去，在四周的山顶，时光厚厚累积沉睡在积雪中，如洁白的大块酥油，似乎是在准备一场天地间的豪华法事。山谷中的小村庄，溪流已经封冻，山坡上垂落百尺的冰凌。山坡上的矮松，就像是熊背上初生的绒毛。牧人驼背跨在瑟瑟发抖的马背上，裹得如同一团牛绒。院场里晒的绛红色僧袍，已经冻硬，木板一样微微摆动。

这仿若漫长的午睡，鼾声连天，醒不过来。

这就是冬天高原的路，海拔五千米。

然而理塘不同，理塘完全不同。

街头上，时间则如姑娘那一丝一缕垂下来的发丝上的汗水，闪闪发亮地流淌；胸脯上暖洋洋，羊毛从厚厚的藏袍下探出头来，试着风头。

氧气比夏天少，提两桶水回家，我从夏天的歇一口气，变成歇两口气，刷牙时还要抽空吸一口气。水井边结着厚厚的冰，洗衣服和打水的姑娘们裹着厚藏袍，只露出两只眼睛看着我，从口罩中吐出疑惑的白雾。她们不是疑惑我是谁，而是疑惑我为什么来打水——藏族汉子是不会洗衣服、不会打水的。我自己洗衣服的事，很快就在街坊间传为美谈。

摩托车上熟悉的音乐一掠而过，喇嘛车把上的假花摇曳，油箱般的音箱架在后座上。牛奶般的阳光里，宽脸的汉子迈着八字步，一只手上总是提着念珠。面孔黧黑的女人，围着邦典和口罩，黑黑的大手蒲扇一样撑在邦典上。

雪是热的，星星是热的。我在曲西身边，感觉便是如此。这像是个漫长的秋天，可是拿着滚热的毛巾，走出一里路想去洗澡，到了地方，毛巾已经冻硬了。

午后依然漫长，和夏天一样，牦牛的犄角奇形怪状，好像被萨尔瓦多·达利⊖之流恶意地扭过。恶狗没完没了地大叫，声音空洞。藏居厚实的围墙反射着日光，日光从石头墙壁上酥油般淌下来，或者钻

⊖ 西班牙画家，因其超现实主义作品而闻名。

进石头缝里,将缝隙撑开。

在上海,你很容易在冬天忘记太阳的样子。在这里则不然,阳光和时间绰绰有余。

你可以把阳光和时间挥霍,送人;把阳光截成小条,再一一吹散,或把时间揉成一团,抛在脚边;甚至坐在寺庙的大台阶下,晒着太阳,兄弟一样搂着你的时间,将无处不在的空灵明净,想象成佛祖的模样。

一切大放光明,甚至夜也是透明的,星星如同沉在深海中的碎银。也许我们的世界是一滴水,风就是水下的浪。

无所不在的光明澄澈之中,众生屏息等待着藏历年的到来。但在二楼一个昏暗的角落,阳光只有从地板缝里丝丝渗入。曲西家的走廊,是曲西的王国。

清晨,听见曲西梳头、叹气、唱歌,头发上插着塑料梳子,昏暗的走廊上有她的镜子、帽子、梳子和护肤霜。我从这里走过,总能看见她的剪影。她翘着人中分明的嘴唇,用力地梳一头长发,仿佛这是世界上最重要的事情。她自言自语:啊呀,今天要洗头了。

夜里她裹着厚厚的羊毛被睡在地板上,我和她的哥哥睡在屋子最里面的床上。如果我们不在,她也爱这样睡。她没有自己的闺房,只有一口自己藏宝的木箱子。我问:"曲西你怕不怕?"她瞪大眼睛:"自己家里有什么可怕的?"

这是她的口头禅——有什么可怕的。

划船的时候，她恶作剧地晃动船舷，吓得她那不会游泳的哥哥脸色发白。同样不会游泳的她说："有什么可怕的？"找不到钥匙的时候，她摇摇欲坠地往二楼的窗户爬，"有什么可怕的？"

我有时候想，如果我躲在她家门洞的黑暗处，跳出来吓她，她也只会后退一步，鄙夷地看着我说："有什么可怕的？"

冬夜，我沉浸在一片黑暗中，睁着眼睛，如此漫想。她并不和我说话，只是自言自语似的，发出甜美的叹息。她在黑暗中的气息和声音，如涨潮从我头顶飘过，慢慢消散，变成梦呓。

她睡着了，我却愈是思虑重重，一天又这么过去了，我还能看见她几天？藏历年之后我就要回去，我又将躺在什么样的黑暗中，去想念她。

她睡着的时候，我又落回自己的生活。在远方时，我看书看到半夜，工作到半夜，翻译到半夜，像是一台蒸汽机，单等睡眠在拐角偷袭我，把我像羽毛一样牢牢抓紧在手心。我并不想主动闭上眼睛，自以为那也是生活。

可是在这里，她的目光明媚，她像一把小刀在走廊里得意地飘。我读书读不下去，翻译也驴唇不对马嘴，食不知味，饮不知醉。

我才发现，蒸汽机一样的生活除了这种孤独的想念，什么也没有，什么都没有。

可我又不得不回去，不能留在她的身边了。她原来欢笑着，见了我往往就收起笑意。电话打得风生水起，挂上电话，又成了不说话的人。我确实不了解她,她的世界我进不去。我除了给她提水,什么也干不了。她躲在一堵藏居的石头墙里,我打不开,登不上去,抠不开,也不舍得离开。

心爱的姑娘就在我身边,我却无法让她快乐,听得见她的呼吸,却无法靠近。

我这样思索着,沮丧积累为怒气,沉沉地积在心头;到夜里七窍生烟,急火攻心,莫名其妙地把自己的额头给拧破了。我目光炯炯,看着世界衰老下去。

清晨,藏历年又近了一天,满街都是穿厚藏装的人,无数双手将年货摩挲,姑娘们穿着新藏装挤挤挨挨,为了莫名其妙的事情,痴痴乱笑。

曲西穿藏装很漂亮。我第一次见她时,她就是一身番红色的藏装配蓝花裙子。于是,早上我来到她的王国说:"洛萨(藏历年)来了,你穿个藏装吧,我很想看啊。"曲西看了我一眼,破例说了很多。

她甩着头发说:"我知道你想看,我就不穿,也许你不说我还穿了,你说了,我肯定不穿了。"

我很该对这个逻辑一笑置之,可是我居然笑不起来,而且觉得很伤心。于是到大松木堆边,去看我忠实的朋友阿日。它刚刚起床,阳光灿烂,我们俩都晒得透明。我在阿日头上一拍,忠实地腾起一片尘土。

是啊，阿日是曲西家的一只酷似藏獒的大黑狗，狗在理塘藏语中叫作"曲狗"。

我刚来曲西家的时候，她家曾经有两只看门的大黑狗，扎扎实实用铁链子拴在粗大的松木上。它俩志同道合地对我怒吼，扑过来却被铁链子拽得直翻白眼，愤怒得直喷白沫。有时候曲西去喂它们，它们还把脸盆大的脑袋从曲西身边伸出来，对我怒吼。我羡慕地看着曲西，觉得自己永远也无法和这两只狗处好关系了，因为它们出于某种直觉，真的恨我。

我还想，也许等到曲西终于接受我了，我也依然没法和它们搞好关系吧。

生命真是无常。有一天，曲西的妈妈说，一只狗死了。沉重的尸体被扔进附近的阴沟里。失去了同伴的另一只黑狗，迷惘了几日之后，对我的气焰也大不如前。我甚至想，应该带它去看看同伴的尸体，体会狗命的无常，它便知道若有灵魂，则早已脱离此肉体。这正是古代印度佛教的不净观。

经过这次变故，我时常会给那只无聊孤独的大狗一根火腿肠。它没有什么可以给我的，只好在曲西进院门的时候，和我一样先是低下眼睛；等她转过身，就和我一起扭头凝视她的背影直到消失；然后我们彼此对视。

这只大黑狗和真正的藏獒一样，也有威武的红色丝绒项圈。"你这家伙，简直是头熊。"我无限感慨，"被你咬一下一定很疼吧，阿日日[一]。"从此我就把这只大狗叫作"阿日"。

那时,我已经可以捏它满是沫子的大嘴巴了。阿日确实很脏,而且个性沉闷阴郁,爱思考问题,否则它还要更可爱一些。漫长的高原下午,我喜欢有阿日在我身边,以鼻息、呜咽和呼噜声陪伴我。我们平心静气地看着遥远的群山,看如银带般的积雪如何渐渐融化消失,看日光如何奢侈地一遍遍给山脉镀上铜光,让时间淹没我的颈脖,直到晚风的凉意浸透衣襟。

来曲西家的朋友,因此总是好奇地看见一人一狗,懒洋洋盘腿而坐。我膝头放着《三国志》,叫一声"阿日日日——",大狗就站起来抖毛龇牙,搅得周天寒彻。

于是来人有些畏惧,不知所措,不知道这个莫名其妙哎哟叫疼的汉人是什么来头,和这户人家,和这头大黑狗是什么关系。

啤酒喝干,下午过去,星星涌上来,无法言说的夜坠在我们头上。这一天如何过去的,我不知道,它也不清楚。

只有我和它,才是这个院子里,甚至全理塘县,最无人需要,无人想念,无所事事,不知所措,无可奈何,茕茕孑立的。我想,我们在孤独这一点上毫无区别,藏历年对我们似乎没有什么意义。

下雪了,门外脚步交响,六瓣的雪花零星飘在我和阿日的头上。

但是今天一定是一个吉祥的日子。因为我起来的时候,曲西已经

[一] 藏语中相当于痛苦的哎哟声。

换好了鹅黄色的藏装，头发也扎起发髻，油亮的马尾辫垂着。她的马尾辫有些自来卷，很漂亮。我瞪大眼睛笑，她抬起眼看我，大眼睛里有些悒悒不乐——不言而喻，这有什么可笑的，又不是穿给你看的。因为全家人都换上藏装了。措姆嫂子也换上新的邦典——措姆嫂子是个很漂亮的女人，也是全家最忙的，有时候快半夜了还睡眼惺忪地等着，给熬夜的我们倒茶水。她还给次仁哥准备好了藏袍，此刻次仁还躺在一大堆乱糟糟的衣服里睡觉，紧紧抱我的电脑，定是昨夜打游戏打睡着了。

过年，一定要换上新衣服。阿妈拉姆以一贯的坚决，大声呵斥着，一把提起四处乱爬的孙子们，套上领袖口毛茸茸的新藏袍。孩子号啕大哭，用藏语抱怨着什么。我现在才明白今天要去理塘寺转庙，磕头拜佛，给长明的酥油灯加油。

阿妈拉姆笑着说："娃娃不听话咯，我打他们了，再他们哭了。"她看看我，大吃一惊："你脑壳上头……坏了……"她比画着抓的样子。

我吓坏了，真相太可笑了，难道我要说"因为想你女儿想得发痴，所以不知怎么自己抓的？"这绝对不能让她知道，我于是一把抓过正淌口水的曲西的侄子降措："娃娃抓起在，我……"

可惜我不能栽赃给阿日。无辜的降措，虽然听不太懂汉语，但奇迹般地配合出一副做贼心虚的笑脸，比画着五根脏兮兮的指头。我于是也赶快相信是他抓的。

带着额头上莫名其妙的抓痕，我在曲西身边的一天又开始了。

一条洁净的小路，沿着嘉木样活佛的故居和帕巴拉活佛的故居，直指理塘寺庙的大门。平时这里只有抬水的女人，今天则多了不少跪拜的朝佛者。出门的时候，阿爸泽仁走在最后面，小心翼翼提着一只装满热酥油的铜壶，准备给佛前的长明灯续油。

阿妈拉姆走在最前面。她不知道为什么生了大儿子次仁的气，脸气得发红，攥紧拳头，提起围裙，用劲儿蹬着地面。次仁披着衣服，嬉皮笑脸地凑过去，被她一把推开，或者说简直是擂开的。

我拍拍次仁的肩膀说："阿妈凶得很哦。"

次仁咧开大嘴，露出金牙说："阿妈不凶的话，娃娃不听话。"之后曲西说的话，跟次仁一模一样。曲西垂着长睫毛，兴冲冲穿着高跟鞋，走在妈妈的身边，亦步亦趋。

全家人的脚步声响在这条洁净的小路上，白塔依稀可见。路边有个老人和曲西打招呼，他是曲西家的亲戚，一路磕头来寺庙。他歪坐着，厚厚的羊毛围裙和护膝上磨破了洞。曲西高兴地坐在他身边，给他拍拍满是灰尘的围裙，他抬起一只有白内障的眼睛好奇地看着我。

长青春科尔寺的大门是玛尼堆和白塔，这是全康区最大的寺庙之一，因此也是世界知名的大寺。它的主体建筑坐落在山谷，俯瞰全理塘城，以及草原和318国道；左边是天葬场，右边是几个遥远的山间隐修院。寺庙和民居互相包容，合为一体，足足占了半个理塘城。

出发时，全家大人加上孩子是十人，由于路上有亲戚朋友们不断加入，到寺庙门口时，已经有了二十多人——横跨四代，典型的藏式大家庭。女人是最热心的信徒，拖着孩子，满心想着寺庙和磕头；男人则走在后面，交换着鼻烟。

高大的白塔肯定重新粉刷过了，亮得耀眼，好像是悬空浮在寺庙门前的玛尼堆边。阿妈拉姆走在最前面，率先在白塔下磕头，她油亮的头发和紫红的手摩擦着洁净的白塔。从背上放下来的孩子，揉揉惺忪的睡眼，也规规矩矩并拢双脚，把小脑袋碰在白塔下。

我们从白塔下的佛院，到正殿，到觉康，到法相院，最后再绕寺庙一周。昏暗的佛堂里大小转经筒有如丛林，无数人从容不迫地转经祈福。阿妈们将白发苍苍的脑袋幸福地拱在柱子上摩挲；无数的亲戚，提着供佛的酥油壶，热情地问好；更多不认识的人，念着各自孤独的祈祷文。擦过耳边的是老人家的祈祷，我听懂了很少的几个字："……扎西德勒彭松错⊖……"

寺庙边是理塘最古老的民居车马村仁康古屋。人们认为仓央嘉措早已在诗歌《洁白的仙鹤》里表明，他的转世会来到理塘。

漆黑粗糙的墙壁上，还有壁画，那只仙鹤从布达拉宫起飞，和我一样，翻越重重山岭而已。我用手指摸了又摸那只坚强的白鹤，莫名其妙地难过和遗憾，以至于看守壁画的大妈深为感动，认为我是虔诚的佛教徒，为我一一指点屋内的种种神迹。

这里也要磕头。曲西刚开始跪拜的时候，还警觉而尴尬地看看我，希望我不要来看她磕头，可是众多的菩萨在上，她没法和我一直

⊖ 藏语"吉祥如意"的意思。

僵持下去。后来磕的头多了,她也顾不上了,高跟鞋的跟整齐地并在身后,金色的袍角从她腰间垂落,秀发一拂动地面,就赶紧起来,愠怒地看我一眼:"哎呀,你过去嘛,不要看哦。"

后来她干脆躲在粗大的黄铜转经筒后面,等我跟着全家过去,再慢慢磕头。

这里简直是转经筒、木柱和佛像、经卷的迷宫。理塘寺里面阔大如堡垒,百转千折,阳光也被扭曲、浸泡、贮藏。我不是信徒,所以在无数跪拜的人中,只能尴尬地站着,遮挡着寺庙的光线。有一次我们突然低头穿过一条窄窄的过道,出来后回过头去看,头顶是数米高的佛经柜,黄绫包裹着无数佛经,从头顶直达古老的藻井。

我们转过藏经柜,就领受了佛经的加持。这是唐僧取来的佛经吗?好像在《金刚经》上说过"所谓佛法,即非佛法"。

曲西也有她的执念,被思恋弄得昏头昏脑的我,和她一样,都走在这尘土飞扬的世上,为各自的执念所缠绕,就像是追逐着水中的倒影。

重重的佛经卷突然砸到脑袋上,我眼冒金星。

眼前一个黑瘦的老喇嘛抱着一卷沉重的、丝帛包裹的经书,丝帛已经陈旧得抽丝了。"这是纯金的经书啊",他骄傲地说。刚才那一下是黄金佛书在头顶的加持。我脑袋嗡嗡乱响,曲西和我为何是相同的。这个想法刚一产生,又消失在佛经的重压下了。我困惑焦灼,不得解脱,额头上的伤口隐隐作痛。

寺庙庞大的建筑群依然没完没了:檀香、酥油、古唐卡和吱嘎作响的木板。我抬头看曲西，走了这么远的路，她穿高跟鞋的脚一定疼死了。不过这姑娘还是紧紧跟着自己庞大的家族，她很有自己的主意，而且很乐意于逗能。不行，我得宣布自己太累了，一定要把这庞大的队伍拖住休息一会儿，让她疼痛的脚趾好好歇歇。

会被小孩抓伤的人，自然很容易走累。全家人理解地点点头，规模庞大地歇在寺庙的走廊两边，曲西高兴地撇撇嘴，低声问我："你累了？"

下午，家里热气腾腾地准备过年。阿爸泽仁在佛前供上日月形的面团，然后规规矩矩爬在床上磕了和自己岁数一样的头。他实在高大，磕头的时候地动山摇，几乎从床上摔下来。他也要让我磕，热心地监督我。我看着全家期待的目光，只好说现在有点高原反应，脑壳痛了，晚上一定磕。

阿妈拉姆还气壮山河地指挥家里和亲戚中所有的女人，大约有一二十个，在阔大的厨房里不停地包拳头大的牦牛肉包子，半寸厚的包子皮加三两牦牛肉。整个藏历年期间，主食就是这油乎乎的牦牛肉包子。女人们每天不停地包，不停地蒸，拿出全副力气，连续流转各家厨房作战。十家人家，大概总是要包一千多只大包子的。

厨房里始终堆着数脸盆的鲜牦牛肉和一大壶酥油茶，包累的大妈们，有时候会到院子里跳一会儿舞，再回到姐妹中间，然后没完没了地捏包子。男人看了胆战心惊：这么多包子都是要吃下肚的！

这简直是一场战役，热气腾腾，所有的藏桌上摆满了足够百人大吃大喝的饮料和牦牛肉、牦牛脑壳肉、辣牦牛肉、牛肚、藏猪皮、油炸的酥油果子（拉多）。原来，理塘人家满面墙的大黄铜瓮并不完全只是装饰。

礼拜结束的阿爸泽仁提着小香炉满意地看着，这是他作为一个成功的商人最得意的时刻。

"我们这里哦，洛萨的话，钱多多地花了。"泽仁说。在理塘藏人看来，过年是各家各户显示家庭富裕和地位的重要机会。藏历新年是大家庭一起度过的，敞开大门，欢迎客人，所以全家人一定要显得体面阔气。

在理塘的藏式家庭里，最整洁的是佛堂，最重要的永远是豪华阔大的客厅。

至于我们，我和曲西，还有她的哥哥姐妹们，则半夜挤着去寺庙里看跳金刚舞。阿妈拉姆像对她的两个儿子一样，给我也穿上了昂贵的羊毛藏袍。理塘的草原公路被冻得处处是冰碴，满街走着穿厚藏袍的小伙子和姑娘，曲西被夹在一群哥哥和我中间，受到严密的保护，乐不可支。喇嘛寺里人山人海。她一个最活泼的哥哥，试图给我讲一个汉语笑话。

"我到成都了嘎，我坐汽车了，那个女的说我，你买票，我说，这个，公共汽车哦，公共的，不给！"姑娘们咯咯笑起来，那小伙子得意地甩着烫得焦黄的头发。我把特意捂暖的厚手套给曲西，她转手给了另一个也叫曲西的姑娘。

维持秩序的喇嘛戴着骷髅面具，挥着鞭子要大家坐下来。半夜里空洞的骷髅眼窝盯着你看，格外有新年的气息。

还有流浪狗在人群中穿梭。本来，理塘的昼夜分明，白天是人的城市，夜里则属于流浪狗。但是洛萨就要来了，一切都不同。有一条流浪狗快死了，熬不过这新年了。死亡已经如黏稠的背影，黏在它的脚跟。

我有点怜悯地看着它，那狗突然转过脸，黑夜里露出白内障的眼——万物都有死亡和转世，你是不是害怕，怕像我这样濒临死亡的那一天也没有达成心愿？戴着骷髅面具，代表死神的小喇嘛们，快步走过它身边。

死亡、新生、神、黑夜、爱情，我胡思乱想，嘿嘿傻笑起来，曲西转过头看着我说："你笑什么，好像神经病哦。"

漫长的金刚舞终于要结束了。初生的朝阳里，我的藏文老师泽批喇嘛戴着高大的鹿头面具，从寺庙的大经堂里一路跳出来，万众欢呼；他则左顾右盼，神采飞扬。谁也不知道这是个经常胃痛，说话结巴的腼腆喇嘛。他高高跃起，手指直指半空，莫名其妙地传来一声炸响。

寺庙一角准备好的喇嘛们敏捷地倾倒火堆上的酥油盆，大火猛地跳到半空。全场汉子乐得哇哇乱叫。

"扑日"（藏语包子）统治的理塘藏历年到来了。

在我还没有反应过来的时候，大家已经发疯一样向外挤，二楼屋檐上的人也莫名其妙向下跳，像遭了冰雹一样挤出寺庙的窄门。小伙子们趁机乱挤姑娘，兴高采烈地高叫，老人笑眯眯地遥望；故作矜持、嘴唇鲜红的姑娘们害羞得脸颊绯红，假装生气。我护着曲西向寺门挤，她开心地踉跄着，被挤得跌跌撞撞，羡慕地看着被挤得最惨、几乎哭出来的一对颀长漂亮的姐妹。她们整齐的头发都被挤散了，金耳环直晃悠，被莽撞的半大男孩子吓得心惊胆战。

山谷里鞭炮声四起，硝烟从所有的窗户和屋顶上漫出来，巨响回荡，杀气腾腾。

人潮推挤着向庙门外冲，把我藏袍上的铜纽子挤没了。我的脸擦着曲西的发丝，有滚热的、淡淡的酒香。

我还想再深深地闻闻，可是人群一下已经散开了：我们已经被挤出了庙门。

藏历铁虎年就此开始。

那真是大醉一般的日子。

十户人家，大约有七十多人，聚集在曲西家的大客厅里，吃着硬如铁石的牦牛头肉（藏语叫松阔）。这条小街上所有的姑娘都来了，她们身着盛装，戴着沉重的金耳环，依次羞答答地起来唱歌。奇妙的是，这条街上的姑娘都很漂亮。许多人我不认识，名字也叫不上，而且许多人名字是一样的。于是我给他们起了绰号："黑大妈""老实人""大眼睛"。

曲西知道了这些绰号，乐得眼睛闪闪发亮。我看见她手指上套着两枚新打的金戒指，就问她："这个是真的吗？"她很得意地笑说：

"我们家的女人,从来不戴假的。"

我老老实实地说:"你真美。"

"哦,那我去玩了。"

"汉人也要唱!"忽然有人喊。

许多人还不知道有我这个人,他们嚼着包子,互相询问这个汉人是谁。汉人于是唱《达坂城的姑娘》:"你要是嫁人,不要嫁给别人,一定要嫁给我。"其实在长辈面前唱情歌是很没规矩的,按理只能唱酒歌或者赞歌。汉人也会唱藏语调调,不过他想让曲西听到《达坂城的姑娘》。

亲戚们都没听过这歌,也不太懂汉语,感觉节奏还挺欢快,于是所有人笑起来。

牦牛肉包子传进来,热气腾腾,所有人都在热气中大嚼着。

"扑日"无所不在,若想弃而逃跑,可以下到院子里跳锅庄。我发现四岁的降措的节奏感都比我强得多,我只好端着热乎乎的青稞酒陪着老奶奶们晒太阳。

跳得小腿生疼的次仁也退下来,指着他的儿子降措说:"啊呀,以后降措凶得很。"他的意思是说,降措这么会跳舞,长大以后追姑娘简直是得心应手。

我又喝了杯青稞酒,心里想着:我的特长是打字飞快,不知道对曲西有没有意义。

跳舞的人中,曲西和另一个姑娘走出来。那姑娘青稞酒喝多了,扶着脑袋,踉踉跄跄。曲西想去扶她,结果却晕乎乎地向后退了两步。她们欢笑着,背倚着墙壁慢慢下滑,坐在墙角,软软的发丝擦着围墙,纤细的手指扶着新藏袍的边。

我在你的朋友后面,我在你的亲戚后面,我在陌生人后面,我在无数酒杯和包子的后面。所有的人中,我离你最遥远。

可我想成为你一生最亲近的人。

我想这样度过藏历年:

我爱的女人收拾一切,她把我的头发自作主张弄到一塌糊涂;她在家里的佛龛前供上藏式明月形的牦牛肉包子;她在可供上百人、以中世纪方式大吃大喝的酒席上,指挥若定,从容不迫。

院子里时刻有歌声;有呼噜声、念经声;还有私密的角落,可以供伤心的人哭泣。人总有些时候会伤心的,可以有地方哭也是种幸福。

新年的酒宴没完没了,我和五湖四海、三教九流的狐朋狗友聊着乱七八糟的话题,诸如人生的意义和世界的本源。我们彼此欣赏,酸气逼人,泪眼婆娑,然后一个个醉倒。我的狗忠实地咬每一条裤腿,而她气势威严地走来走去,无聊透顶的小孩子们窃窃私语,不相信女主人也曾经是少女。

她会来骂得我四仰八叉,我和朋友们只有灰溜溜地走下楼梯去,鸬鹚一样相依为伴,连狗和孩子们也俯首听命。

那时候我应该已经学会了跳舞,但还是不够好看,像只耍马戏的熊。那也没关系,青稞酒管够。人群都散去后,我们会喝醉在墙角,背贴着滚烫的墙慢慢下滑。我会去扶她,或者她扶我,这都没关系。

这才是我的新年。

夜是最纯净的醉,星星都是幻觉的点缀,家家扶得醉人归,远处还听见唱歌声。

我和曲西去送几个朋友回家。我几乎是扛着一个喝醉的巨汉,康巴汉子的红头缨擦着我的脖子。清冷的北斗星壁虎一样趴在铁虎年第一天的夜空中。我看得头昏眼花,原来看星星也会看醉,这大醉的日子啊。

回来的路上,一直无话。曲西突然说:"你唱的那歌,怎么还要带妹妹来啊?"

"……"

梦中之梦

我一次一次来到理塘,似乎就是为了再一次告别。

理塘城阳光出奇地明媚,似乎打算晒干泥泞的草原公路,为我送行。每天缩在我床头睡觉的流浪小狗恰巴塘发疯般追逐吓唬小牦牛,完全不知道施舍它糌粑、分享枕头的施主就要远行。

我又一次站在理塘阳光灿烂的十字街头,各色人等,贝母虫草,八方神佛,都在太阳下闪闪发光,喜气洋洋。

家在三千公里外,四千米以下。而我在这里,意义逐渐消失和融化。我不知道自己来这里干什么,也不知道回去要做什么,不用去思考今天是哪一天,更不去想我是谁。我越来越深地沉入生活的河道里。我可以看着孩子的口水一滴滴掉下来,以此度日,也并不觉得厌烦或空虚。

这里有一个我爱的女孩，我爱她窗前未开的格桑花，爱她在楼梯口洗头的样子，不过，这不是全部。这里有一群喜欢我，也让我喜欢的人。也许吧，他们的生活和其他任何人的生活都很相似，尤其和我去过的汉地农村相似，较少需求，也较少条框；较多安宁，也较多虔诚。时间不再需要打发和填补，想法也不再多变。无事可干的时候，我可以平心静气地静观时间像酥油一样慢慢融化。许多事关重大的事情，到了这里都像跌进了时空的泥塘，消磨了锐气和紧急，更无所谓对立和差别。

世间万物在日光下渐渐剥蚀了颜色，消失了名字，只剩下本质。仿佛是在世界刚刚诞生的时刻，万事万物还没有来得及命名，也没有来得及伸展，只有粗朴的形状。

我最后一次喂了总是饥肠辘辘的阿日，最后一次加固了总是摇摇欲坠的厕所，突然想起一个朋友写的诗：你是我最初看见的雪山，也是我最后看见的河湾。

我该如何回忆这段时间？我是否能紧紧关上笔记本，把这一切回忆带走？当我再次展开笔记本，这一切的生活是否又跃然而出，带着久违的笑容和热气？

不，我不能。我连姑娘的眼神都带不走，更别提带走生活了。

我站在某一条小巷泥泞的路口，玛尼石堆在一边，这里我来过吗，还是从没有走过？我以后会经过吗，还是会遗忘？两个女人背着包袱从我身边经过，好奇地吐出舌头，痴痴地笑着走了。

她们走开了，寂寞的小巷里一片干热。我也走开了，只是走着，没有别的意义，也不需要别的意义。

理塘人和曲西的家里人如何看我，我也很好奇。

语言不通，我基本也就是个吉祥物。其实，在理塘最了解我的，就是不搭理我的曲西。不过既然大伙都围着炉火坐看，那么我是否存在，也不过是或多或少一碗酥油茶而已。而且藏族人觉得冥想的人都颇有智慧，因此我不妨做出冥想状，何况茶自会有人给你不断地续满。

我的心在酣睡，不知道是不是缺氧的原因。

酥油茶把我灌得无思无欲，即便是失望和忧郁，也像冰凉的河水般温柔，失去了激烈的锋芒。愤怒或悲泣，转眼都变成悠然的冥想和长久的等待。我走上街，看看各色稀奇古怪的东西和喜气洋洋的人，或者坐在空茶碗边，继续冥想；或者干脆走到寺庙的大经堂前，和职业冥想者们坐在一块儿。

但是我还渴望亲切的笑脸和令人激动的暧昧，需要看到姑娘灵动的眼睛，需要大雨落入草原，需要天地在我的冥想身后不断变化：有山顶的风，有杨树的低语，有变幻的云，有别人的欢笑，有孩子的嬉戏，有脚底的石子。印度人说世界是梵天的一个梦，梵天的这个梦为何如此亲切而又如此模糊不清？

或者，这不过是我自己的一个梦？

那么一切也许不过是在我的梦中发生，也许是在曲西的梦中发生，甚至是在阿日的梦中发生吧。梦醒之时，就彼此消失，各自去做别的梦。

可是这个梦多美啊。我在梦里醒来和沉睡,阿日在替我守门,曲西在读书和微笑,我从来没有睡得如此安宁。

扎西说过,你可以自由地来到你爱的姑娘身边,这就是幸福了啊。是的,即便是梦吧,在曲西的身边那些最孤独的日子,也比我不在她身边时最快乐的日子,要幸福百倍。

今天我一直忙着告别,现在日光已经黯淡,我也该回家了。现在在我手中,端着曲西爱吃的煮藕,三天前我就在小吃店里预订好了。

晚餐一如既往地热烈,时时停电,大伙就在烛光下互相敬酒。女人们困得睁不开眼,男人们引吭高歌,我献哈达给罗桑以及家里的长辈,所有人都在笑。罗桑用哈达打了个金刚结送给我,能保平安和顺利。我的话异乎寻常地多,给家里的女人们敬酒,感谢每一碗酥油茶和每一碗米饭。女人笑着,我也笑。我想,就这样吧,该告别了。可是该死的意希在耳边说:"难道你真的不想哭吗?"于是泪水突然冲出,无可阻挡,好像被人狠狠在眼睛上打了一拳。我低头端起碗,泪水狼狈不堪地落入茶碗里;我赶紧用茶碗挡住眼,结果眼泪又洒在碗外,逃无可逃。喉咙被紧紧地堵住了,不敢说话,热茶荡涤在喉头。

我找到了,终于找到了她,但是又一无所获。我究竟为何流泪呢?

意希用力拍打我的后背,我胡乱夹起什么拼命地吃;我也大力拍意希的背,笑着说明天的路好不好走;我看见阿爸泽仁侧过身去擦泪,阿妈拉姆的高原红上也湿漉漉的。曲西进来,愣了一愣,摇摇头,说:"都不要喝了。"

曲西之前在热情地给画匠们盛饭,我的碗,放在她的面前,则一直空着。

就这样吧。我下楼了,意希跟在后面,我很想搂着他。

我本想对意希念一首我挺喜欢的词㊀,但是我醉了,就忘记了。

所有的人都醉了,
请为我点盏灯火,
在夜里轻轻歌唱,
回忆是淡淡忧伤,
安阳,安阳,
别离的话不必多讲。

第二天黎明,我背上登山包,悄悄打开门,理塘曙色未明,和我来时的暮色难分彼此。曲西抱着我酒醉后忘拿的外衣,站在门外。

㊀ 歌曲《安阳》的歌词。

故乡

曲西：

　　曾经有一天，晚上我要给你打电话，打不通，我就打给你的表妹和她聊。她家住在牧民新村，东城门外，我们曾经在那里跳舞耍坝子。

　　我们胡乱聊了几句，没什么话说。她突然问："唉，哥哥，你啥时候回来哦？"

　　我一时不知怎么说，为什么我去理塘，变成了回来？

　　一瞬间我又看到了理塘，看到了你窗下的那条路。

　　黑夜，煨桑的烟中，你的窗亮着黯淡的灯，照耀着三千公里的去路。

　　我曾走过多少的路啊！有些坦荡，有些危险，却没有一条像你家门口那条路一般曲折。这条尘土飞扬的小路，癞皮狗乱跑，藏居的石墙上胡乱写着字母，电线扭结在一起，水井边是沉重的碎冰。

我想把这路卷起来随身带走。不管身在什么地方，许多年后，孤独和疲惫的时候，就打开来，铺开在脚下。

我推开大门，松木累累，你挑着黏有酥油团的水桶，在庭院里。

我不知道路会不会苍老，人却会。

过年的时候，所有十家聚在一起，轮番请客。这是第九家，也就是说，年要过完了。这一天从远方来了一个乞丐。他来自新疆，拄着拐，头发硬硬地戳在头顶，走进喜气洋洋的跳舞人群，吃完一盘子硬牦牛肉，心不在焉地唱了首歌，继续向东方走去，像是风吹走一片树叶。

古代的乞丐，有许多是游吟诗人，他们一路歌舞，直到天边，世界就是他的家。这个乞丐却不是，他踏着大地的坚冰，一意孤行，向东方独行。

也许因为那是他家乡的位置，他的心里有一幅地图。家的概念，不该是房子，而是有家人、朋友，有可以歌唱的角落，有滚热的土地，有垂下的菩提树枝。

他走后的一个凌晨，我也走了。你和阿妈拉姆来给我送行。

阿妈拉姆站在你身边，我亲吻她宽大的高原红脸颊。我记得她有一次郑重地和我说："我年轻的时候，和曲西一模一样地好看，眼睛大大的。"我恍惚觉得，许多年后，你在性格上会像你的拉姆妈妈，也是个威严的一家之主，将钥匙挂在腰间，有力地踏着地面。

我却不敢吻你的面颊,我只是将手指轻轻擦过你柔软的发丝,就像飞鱼沉入黑沉沉的海水,没有人看到这个动作,你却睁大了眼睛。

黑夜的车窗外,理塘只有几点星火,车子缓慢地翻越山头,理塘离开了我。满山的雪松和杉树,都埋头在黑暗中,只有树尖嗅到了黎明的气息。

太阳即将升起,一条细细的线,从你的身边展开,就像一团散乱的线,向东方蜿蜒三千公里。

三年前我曾经在理塘寺法相院的金顶下,指给你看,是哪一条路横穿了中国温暖的腹地,横穿了你的家乡和我的家乡。

这条路,是沉重的呼吸,是点燃的煨桑,是燃烧的向日葵,是湍急的康定河水,是山口的经幡,是直上天庭的烟尘,是陌生的街巷,是灼热的泪水,是喃喃的吟诵,是滚滚的白云,是送别的挥手,是雄鹰的长啸,是山口的闪电,是慵懒的村落,是模糊的银河。

我对这路已经如我的掌纹一样熟悉。它在我滚烫的手心里,时而舒展,时而扭成一团。这里海洋是山,尘土是浪,道路如隐没的水纹,生活淹没了一切。沉默孤独的人,站在路边,寂寞地说着无声的、无边无际的话语。

我走了,带走了记忆。没有了我的注视,你的生活更加轻松自在。你就像草原上的花朵,没有我这一片白云,开得更灿烂。

高尔寺山横亘草原,折多山大雪漫天,隔断了回望的道路。高天阔地,时代无穷,阳光如沙,野马也,尘埃也。滚烫的路,在我脚下；时间如刀，割断彼此，一切都会腐朽。唯有此路亘古，不管是东来的商队，还是西来的喇嘛，都走在这条路上，走在刀锋一样锋利滚烫的山脊上。

阳光照彻，万里河山，千年魂魄，九曲大河。这条滚热的路，我祖先的家园，从高原到东海，哪边是我的故乡？

我的故乡是中国。中国在哪里？

传说中，中国是高山之上的国度，有着红色的大地，滚热的山岭，是白云生处的人家。

我的道路，这条孤独的道路，把那么多庄严和愤怒的山脉和大河抛在身后。我在危崖和窄桥上行走着，告别路边温暖的藏居和灰尘中站立着卖奶饼子的女人，投身于辽远的荒野，走进山的故乡。细细的一条线，冰冷地横穿了中国滚烫的腹部。

我转过头，仰望回家的路，盘桓而上，深入中国的腹地，古老的星星扑面而来。

我的故乡在传说里，在口口相传的故事里。

我的祖先藏在倒塌的墙壁里，古老的壁画上，他们的额头贴过冰冷的墙壁，他们的手指划过佛的脚尖。那暗暗的指甲印，代表着什么故事？是恋人的私语，还是失意者的祈祷？

一切过去的，都已经消失；一切存在的，都将消逝。

有情来下种，因地果还生。在轮回的路上，人们独行，垒起石头，无数的祈愿，在白塔边生灭。于无数的道路中，我认出了我的那条路，细细如线。你是否在路的终点？

漫长的路，总是能走到；短暂的路，却似乎总也走不到。

会不会有一天，你会说："哎，我说，你不要走了。"

不，也许你说："喂，你已经到家了，还要去哪里？"

那时候，我就坐在中国温暖的腹地上，知道自己找到了一生，找到了你。

爱马的傻瓜
无尽的弦子

思无邪,于是词像白云一样圆滚滚地涌起在红土山脉的尽头。

前方的路途像一条巨大的哈达,我是一个卷着哈达而来的少年。天边的云朵白如海螺,我将去往更多吉祥幸福的地方……

爱马的傻瓜

哎呀,没得办法,我们就是爱马,
头发也要弄成马鬃飘逸的模样。

哎呀,我们就是爱马,
还没有马肚子那么高,就要跳上马鞍。
摔下来了?不存在的。

哎呀,我们就是爱马,
拍照也要和马摆出一样没心没肺的笑,
从鼻孔里喷出滚热、自由的气息。

不信赖自己的马？不存在的。

真傻呀，我们爱马！
还没学会说话，先学会了用哈达挽住自己的马。

真傻呀，我们爱马！
就像我们爱一切奔跑，圆溜溜的眼睛紧盯圆溜溜的车轮。
或许从小奔驰的血液就充满了心脏吧。

真傻呀！
稍稍成长，我学会了骑马，学会骄傲，
却忘记了怎么害怕。

再成长，世界不只有我和马儿，
还有那些迷人的眼神吧。
真傻啊！听得懂马蹄，听不懂情话。

在冰雹、严寒和风雪间，生活并不容易，
但我至少还有骄傲吧！

哎呀，我们就是爱马，
粗大的汉子也会用手灵巧地为马梳理鬃毛，

对恋人似乎也没这么温柔。

好吧,我们就是爱马的傻瓜。
好像听着清脆的马蹄声,这轻盈的四蹄,就能穿越雨云,到无梦的尽头。

马有最华贵的鞍毯,人有最闪亮的丝绸。
我们阔步走向人间的七月赛场。

上马前,浑似一对老友,虽无语言,岂不知心意?

上马后,是托付死生的好兄弟。
脆弱动荡的世界支撑在你的四蹄之上。

跑吧,你本性如此,即便摔倒,也是冲刺的姿势。
摔倒吧,至少你不会一个人出丑。

滚烫的嚼子变成一团火,
肺部变成一团火,
鼻子里喷出火。

马蹄,比黎明前的露水更轻。

伤痕算什么？脱臼、踩踏、短暂的昏厥……
我们爱马，
没有伤痕才可耻吧！

在年迈时，我再也跨不上马背，你再也追不上小马。
我们脚步沉重，双眼昏沉。
我们还能一起溜达，
数数陈旧的伤痕。

来吧，笑我吧——
笑我这高贵又简单的人；
笑我这羞涩又燃烧的灵魂；
笑我这爱马的傻瓜。

无尽的弦子

"香格里拉有三十多家藏家乐,这家算是比较文雅的,有些真的是夸张。"扎西顿珠面无表情,这个壮大的康巴汉子专心地从掌心里捏炒青稞吃。

舞台上是藏家比武招亲的戏码,一位最终胜出的光头胖子的脸上被草草地画上张飞式的眉毛和格萨尔式的胡须,额头画上爱心,胡乱地背上叉子枪,插上藏刀,挂上护身符盒子"嘎乌"。上百名游客在下方大笑欢呼,并在各自导游的调动下比赛欢呼和跺脚的声音。

"雅索,雅索,雅雅索!雅索,雅索,雅雅索!"新藏居的木地板随之索索地落下灰尘。

胖子游客手足无措地站在场中间,沉重的叉子枪背在身后,对于刚下大巴、被缺氧折磨的游客,藏家乐敞开怀抱,满足了他们九成对于藏区的想象。

招亲节目又是经过各家"藏家乐"或"土司家宴"的实践证明最有效的方法。那些经历了长途旅行，肿胀疲惫的面孔终于随着跺脚、狂呼而变得快乐起来。

背景音乐是香格里拉弦子。

"我从文化感情上不喜欢藏家乐的表演，太夸张，为迎合外地游客的口味改变了弦子的很多动作。藏家乐的演出抹杀了弦子的特色。"扎西顿珠这位香格里拉弦子歌词的翻译家和收集者说。但他也无法评价藏家乐是否应当存在下去，三十多家藏家乐，每天要接待数千名游客。

兹事体大，关系到香格里拉的转型。

这座曾经的独克宗古城，后来的中甸，如今的香格里拉，每年要接待近一千五百万名游客，是本地居民数量的一百倍。团队游客出入精品酒店、大理银企、台湾陶笛店和华丽夸张的藏刀店铺。小资们则蜗居于小院子里，歌颂松赞酒店、乡下农庄的自制奶酪和野生蜂蜜，或者宣称自己去寺庙里时，堪布特意用经卷在他脑袋上敲击了两下，而别人只有一下。

香格里拉的地位以前并不如此。20 世纪 40 年代，当时的香格里拉（那时叫中甸县）还是"一座怪凄凉冷落的边城衙门"，"清凉得像一座尼姑庵，只有四五天一班的邮差，才会带来一些一个月以前的报纸"。镇子的中心道路是砌着大石块的商道，被驴马蹄铁磕碰得斑斑点点，镇子上甚至开着好几家出售马蹄铁、马鞍和马铃的小店。

那时候，香格里拉是一座属于商队的城市。横跨亚洲、连接汉藏的一条商道从这里通过，它的使命主要是为商队服务。

从汉地来的商队进入香格里拉后，就会看到前方横亘着令人生畏的横断山区。水路运输完全无法通行，马脚子驱赶着马、骡、驴，从一条狭窄的干热河谷上升，越过海拔超过四千米的山口，进入另一条更加艰险的铁锈色河谷。

20世纪美国地理学家约瑟夫·洛克感慨道："要走到这个地区是一件很艰难的事，因为它是亚洲最孤立的地区。新疆肯定是遥远的地方，但汽车和飞机使它接近文明。而这里也许从来听不到汽车的喇叭声，因为要在这样的高山深谷地区修建一条公路几乎是不可能的。"

这一条道路由于后来被称为"茶马古道"而人尽皆知，但其意义并不只于茶和马这么简单。

香格里拉，或者说跨越横断山脉的康巴地区，几乎所有来自远方的物质和文化的种子都来自这条东西走向的道路，只有最贵重、最有利可图的物资能够负担得起这一跨越驼峰的昂贵贸易路线，例如茶叶和丝绸。

这一东西走向的贵重物资长途贸易对于西藏和汉地的意义，已经被无数次地强调，马队将至关重要的文明孢子吹入天险阻隔的横断山腹地，使得这一区域的文明展现出迷人的万花筒色：康巴马夫们肩背英国步枪，带领驮运汉地丝绸和瓷器的马队，渡过湍急的河谷，两侧密宗寺院和天主教堂隔河相望。

然而，如果认为横断山区只能东西向展开，那就是错误的。

澜沧江和金沙江从北向南而来，带来充沛的水汽，沿着河流起伏的道路，其艰险不下于茶马古道。但这一南北通道，同样是横断山区文明传播和物质交换的重要通道，在茶马古道的宏大视野下，却往往被忽视。

以黑陶为代表的手工艺、康巴式建筑技术的传播、盐和粮食等大宗物资流动，以及军事征服、族群迁移和宗教的扩展，这些更为重大和缓慢的浪潮，主要沿着南北向的河谷传播。甚至天主教传教士在高原扩展，也是沿着金沙江、澜沧江两江流域由南向北渗透。行政区划上，这里分成西藏、云南、四川、青海四个省份，但就流域而言，其实同属一个康巴文化圈。

同样是沿着浑黄的金沙江、澜沧江的河谷而传播的，是弦子。虽然可能起源于遥远的北方草原，但如今弦子已经成为横断山康巴地区的代表乐声。弦子甚至被拉萨人称为"康谐"。

东西向的艰难远程商道，南北向同样艰险的本地交流，使得被大山与河谷分割的康巴地区拥有了一种奇特的弹性。地理决定了这里令人绝望的孤立，但是脆弱破碎的山间商道依然维持着有限的往来，人类的财富和精神，以行脚和马蹄的缓慢速度深入大山的肌理，维持着脉搏。

这是一种有趣的状态，开放得极为有限，却又不过于孤立。两者互为左右，一静一动，如同两根震荡的弦，冲击反弹，反复拨动康巴的琴弦，甚至造就了康巴人特有的矛盾性格。

如果你认准了康巴人是固守河谷的农人，你就会突然发现他烈火一样大胆的商人和亡命马脚子的性格;如果你认定他是大胆的商人,那他的保守和顽固又会让你吃惊,他会把全部的力气都播种到土地里。

这是康巴人天生的二律背反性格。

无怪弦子的旋律并没有像交响乐精妙严整的结构一样事先考虑周全,而是一顿一挫,敞开而又关闭,无尽地回旋往复;随时可以任由天然,临时创作,最后又总是落入同一个旋律上来。

弦子是汉语的意译,在香格里拉当地被称为"页"。弦子的起源从来就有不同的说法,有的说是商人之歌,有的说是农民之歌,也有的说是流浪艺人所带来。扎西顿珠认为,弦子来自北方草原,进入横断山区之后,不再继续向东翻越大山,而是沿着金沙江、澜沧江流域南下传播。最早的琴筒是野牦牛牛角所制,进入河谷地区后,变成木料所制。

在漫长的河谷传播中,香格里拉弦子是其中较南的一支,在金沙江、澜沧江流域,弦子从南向北,在香格里拉、芒康、巴塘直至玉树都有分布。甚至在澜沧江的下游,缅甸等地也有近似弦子的音乐。

我们无法以现代音乐的概念去理解弦子,它更近似于孔子所谓"礼崩乐坏"中的乐,而不是西方式的音乐。弦子首先是仪式而不是音乐,它是载体更甚于是本体。

弦子的乐器演奏与歌唱和舞蹈是不可分的,共同构成节庆或者仪式。至少在传统观念中,并没有将艺术从仪式中抽象出的概念。因此,人们一听到拉弦乐器"毕旺"⊖的乐声,机智诙谐的歌词就会在

⊖ 藏语弦胡的意思。

喉舌上滚动，男人的膝盖会摇摆发热，女人的袖子会凛凛生风。

"弦胡曲扎加措，配件所需多多，琴柱杜鹃树枝，琴筒柳木树干，羊皮来做鼓面，雄马马尾作弦，金色码子作鞍，银色旋柄一对。拉起动人琴弦，内心无比欢喜。"这是弦子词里毕旺的制作手法。

如今琴弦多用尼龙弦代替马尾弦，琴弓使用马尾（原先用牦牛牛尾）。演奏者手持毕旺，将琴身置于大腿上、怀中，缓慢跳舞，你可以想象交响乐团的小提琴手将小提琴竖立在胸前，边拉边跳舞的场景。但弦子的腔调比小提琴浑厚，更近似于康巴汉子们悠长的歌声。

香格里拉的康巴汉子们会选择用毕旺而不是藏刀作为自己的象征，礼乐比射御更重要，孔夫子对此或许会大加赞赏。所谓"浴乎沂，风乎舞雩，咏而归"，大概也是如此：男子先拉弦起舞，女子随后与之对舞，彼此应和，一首歌只能用一个曲调。曲调的套式花样繁多，词则可以自由发挥，甚至临时改编。曲调一变，舞步也要跟着改变。跳弦子如同对垒，要舞步洒脱，节奏自然，同时还要拼命去想现编什么词。

思无邪，于是词像白云一样圆滚滚地涌起在红土山脉的尽头：

前方的路途像一条巨大的哈达，我是一个卷着哈达而来的少年。天边的云朵白如海螺，我将去往更多吉祥幸福的地方……

弦子舞的内容一般包括三个方面：一是以迎宾、相会为内容，相互欢迎与感谢、互相赞美的迎宾舞；二是以尊敬长辈、热爱家乡为内容的赞颂歌舞；三是表达青年男女间充满爱慕之情和纯洁真挚的友谊，内容包括相会、谈爱、离别、祝愿的爱情歌舞。弦律活泼热情，舞蹈轻松抒情。

在清代与民国时期，弦子遍布整个康巴地区。据清《绥靖屯志》记载：新春之时，多有歌舞之举，即跳歌装与跳弦子两种也……其舞蹈之人不拘其数，或集数户，或仅一家，或男女相分相合。杂陈酒肴，围桌而跳，歌声婉转，长袖飘扬，一殇一歌，洵有别致也。

《西康纪要》记载：跳弦子之事，西康巴安乍丫等处极为盛行，且有以此为职业而浪走江湖者，故西康各处均有之。

香格里拉地区流传的说法是，佛的世界最早形成，然后是法的世界，再然后是歌舞的世界。扎西顿珠觉得其含义是，佛、法和歌舞有内在的联系，高深奥妙的智慧可以通过最简单的方式来传播，例如弦子。

在乐曲、舞步、歌词三者中，最灵活、变化也最快的是歌词。

原本弦子的歌词就可以即兴发挥，康巴的民间诗人们捻着胡须，顺手就把词给编出来，无论是赞美、挽留，或者是讽刺，都信手拈来，满满地浸透了山地的智慧，也夹杂着商路带来的讯息。

即兴的词，又是最脆弱、最容易流失的。它是香格里拉人生活的忠实样本，其中大量的弦子歌词是关于经商的内容，瓷器、茶叶、枪支、地图也纷纷出现在歌词中：

汉地中心所产的，八宝图纹瓷碗，
斟满可口的美酒，怎能叫人不馋。
……
骑花马的叔叔，请把花马借给我。
不会远走高又飞，到巴塘理塘就归来。
花马不会空返回，我驮来藏茶十三驮。
驮来十三驮茶叶，到拉萨寺院打个茶。
……

前往拉萨的商路，一去可能数月。如果是从缅甸或者西藏江孜前往印度，没有一年时间无法回转，河谷居民们也唱歌离别：
夏天莫说要走，鲜花会感悲伤；
马鹿莫说要走，草坝会感寂寞。
……
江头江尾水，分别时间已太长，
同在庙堂里，净水碗中能相聚。
……

有些歌词甚至绘出了这个地区的地理样貌，贯穿商路的全过程，西到拉萨，东到康定：
拉萨建在哪里，拉萨建在大海上；
昌都建在哪里，昌都建在两河间；

察雅建在哪里,察雅建在岩石上;
巴塘建在哪里,巴塘建在大鹏上。
……

这商路的口头地图,竟然在整个弦子河谷引发了私下的竞争,似乎通过弦子歌词的改变,能够把握这条商路的主导权,把握想象中的河谷弦子世界的话语权。

例如在香格里拉,商路上的重要地点除了必不可少的拉萨和昌都之外,四川的巴塘、理塘、康定则被德钦、中甸、大理、丽江所取代。香格里拉人唱着这首弦子,或许会感觉那条漫长的古道变得更加亲切可见。

川藏北线的各县城,同样也将自己的道孚、炉霍、甘孜、德格放了进去。

在争夺谁才是真正的香格里拉,川藏和滇藏谁才是茶马古道主干道的背景下,这首弦子就显得更加有趣了,似乎道路和山脉自己会写歌、唱歌。

扎西顿珠说,他有点想不明白,当年基督教传进来之后,依然坚持把自己的赞美诗、唱诗班的那一套带进来,根本没有想过用弦子这种方式传教,否则传播得肯定会更远一些。那样,我们或许会听到歌颂横断山圣母玛利亚的弦子歌词。

除了商业,更重要也更隽永的歌词是情歌歌词。

情歌并不热辣,并不大胆,更多是试探,似乎不符合人们对热烈的康巴式爱情的想象。如同《诗经》中的情歌，一是出于礼节，二是小心试探。一方面，少女们不可能对途经此地的马脚子立刻敞开心扉；另一方面，如果不加以暗示，或许他明天就会上路。

这是一场爱情冒险，通过弦子歌词的试探，牵引怦怦乱跳的心脏，呼唤少年们一次次走上爱情与财富的道路：

姑娘好像银做的摇铃，众人都说有裂纹。有无裂纹已放在你手中，请你细听一下铃声……

杜鹃与雨水之间，虽无相会的约定，当春季暖风吹拂之时，必然相聚是命中注定……

商队的马脚子们路过村庄，和村民跳弦子对歌，看对眼就留下的很是不少。马脚子如同翅膀短小的蜜蜂，虽然飞得不远，却满满地携带着弦子的花粉，带着文化的密码和爱情的气味，一个村庄接力一个村庄，使得孤立的河谷不再贫瘠。

有些弦子歌词传播得远，生命力很强，甚至进入了神圣的宗教殿堂。那位著名的诗人仓央嘉措本出生在喜马拉雅山以南，可他绝妙的道歌和弦子情歌极为契合，都是每句六字，四句一组，还分享了巧妙清新的比喻，他写道：

初三月儿光光，银辉清澈明亮，请对我发个誓约，要像满月一样……

弦子所包含的众多密码，还是不可避免地丧失了。有些歌词逐渐没人传唱，最终消失。更为普遍的是，歌词的作者、所隐含的意思、触发的契机已经无人知晓，甚至弦子歌名的含义都变得无法理解。

"索多亚拉""阿吉拉冲"，是副歌的歌词，或者是一句隔着山谷的呼喊，甚至暗语？"阿克向巴""次仁措姆"，是马脚子在路上遇见的某个传奇男子，或者是最终分开的情人吗？是否应当意译成慈悲的大叔、长寿的海中仙女？骑着花马的大叔，是不是跳舞时如同踩着弹簧一样轻盈？"扎尼尼玛基参"是那位弦子王的名字吗？或者不过是一位漫游者？

这些歌名代表着横断山区的千百次邂逅，是时空落下的泪水，是一张张生动的山区地图，是空余名字的一千零一夜。它们的曲调还在流传、交换，但最初产生的契机，则如同扯碎的松石串珠滚落沟壑般，就这么消失掉，真的是找不回来了。

歌词也会带有鲜明的时代标记，旅游开放和信息时代带来的冲击是全方位的，歌词中不仅出现了发电机、水电站、计划生育，甚至连最顽固的唱法和舞蹈都发生了变化。

原本三四月间不跳弦子，老人说那是播种的季节：所有的种子都已经入土，而种子也有灵魂，也有喜怒哀乐，种子入土之后，如果唱一些伤感的弦子，种子就不愿意出土。

还有情歌，只能对着同龄人甚至陌生人唱，而在亲人、父母、兄长面前是唱不得的——这是最令人尴尬的行为。如今，三四月份的香格里拉，接待游人的弦子一直在唱，情歌演唱随手就来，毫无避开亲人的必要。年轻的弦子歌手纷纷推出自己的专辑,原本不可分离的歌与舞因此独立存在,个人随意地填写歌词,加上电子配乐。

于是传承成了一个问题。

一位香格里拉的作家次陈,同样热爱弦子。他认为,传承听上去是一件伟大的玩意儿,但如果仅是一种缺乏思考和策略的口号,那就未免让人生厌了。没有创新,就无从传承!变化业已发生,很多东西丧失了赖以存在的载体,就像没了天空的鸟儿,就像失去海洋的鱼群。我们能否创造和提供对等的条件或环境,并重新赋予那些东西以生命,这才是关键!德国著名学者赫尔曼·鲍辛格在其著作《技术世界中的民间文化》一书里,认为传统文化的没落与价值变异无关,而肇始于技术革命以及与其相随而至的生活方式的改变。

以前交通非常闭塞,两个村子的人确实一两年才能见面欢聚,所以唱:"我们多时未能相见,就像金鸟飞散在山坡上;我们近日如愿相聚,就像金鸟同栖一棵树子上。"那时是很贴切实际的。而现在很多人整年在一起,还唱这个词的时候,就感觉很空洞。

就弦子而言,本地文化人都会哀伤地指出,人们没有像从前那样热爱它了,它必将沦为一种标本式的存在。但细想,在通信技术和交往方式单一的年代,弦子其实是有一些实际功用的,特别是在年轻群体中,表情达意、互诉爱慕都是通过弦子完成的。如今人们可以有更多选择结识新人,弦子真正的魅力在这种技术革命中暗淡下去。

所以,对于"把弦子原封不动地传承下来"这种想法,很多人都是挺悲观的，可行性越来越小，也不觉得必须这样。这种偏执间接地把弦子文化逼进死胡同。必须超越很久以来"照搬式"的对民间弦子的整理方式，在完全消化民间素材的基础上，有力体现自己的创造力，以赋予弦子文化新的可能与希望。

虽说看得分明，但次陈自己所爱的也是更传统的弦子歌曲。

关于弦子的矛盾将继续下去，这并不特别让人为难，在康巴之地众多的矛盾与反复震荡中，不过是又增加了一个矛盾。

对我来说，重金属摇滚以及弦子，各自表达着这片红土山地的不同侧面。商队经行的山地以多声部在发出轰然巨响。

如果有一天你来到这片暗红色的山地，走在干燥的山间小道上，四下无人，突然听到了顿挫、曲折的拉弦之声——这音乐曲折盘旋，让你脚踩飞尘，登上山巅呼吸，想要身无分文漫游世界；但同时又让你想要裹挟着痛苦，落回温暖闭塞的河谷大地，回到家乡。

那么，这就肯定是弦子。

川藏线的传奇厨子
一个朝圣者的自述

无论是暮色苍茫的康定折多山拐,还是冰风呼啸的珠峰定日脚下,总有一家川菜馆油腻腻的玻璃门为你留着温暖的夜灯。

川藏线的传奇厨子

我决定不让这个大脑袋的川菜厨师在海拔 4014 米的夜晚喋喋不休地说下去,于是打断他的话头问道:"所以郑大厨,你来自一个有十七代传承的厨师世家?"

"是嘛——"他一口大邑口音。大邑是成都旁边的一个县城,曾经出过刘文彩[一],如今出名的是博物馆。

"我觉得你可以写一部你们家族的厨师史。"我举出了一个例子,"《桑松家族百年记:刽子手世家》,一个世代从事刽子手生涯的法国家族,在法国大革命前后的两三个世纪里勤勤恳恳、任劳任怨地砍下了从强奸犯到公爵的许多脑袋。"

[一] 民国时期川西地区著名的大地主,因其横行乡里、作恶多端,人称"刘老虎"。

我一向认为世界上只有性、食物和死亡三件事值得说。桑松家族占据了死亡，至少郑大厨世家可以占据食物。

"我没有文化嘛。"他边说，边用围裙擦手。

这话可能并不假，否则他不太可能给饭店起"天天饮食老成都郑大厨川菜饭店"这么个让人断句困难的店名。然而大厨居然会一点英语，还在招牌边加了 Lonely Planet⊖的 Logo。但是 Lonely Planet 就是买账，年年都评选郑师傅为理塘第一。

川菜布满了从成都出发至西藏的全境。无论是暮色苍茫的康定折多山拐，还是冰风呼啸的珠峰定日脚下，总有一家川菜馆油腻腻的玻璃门为你留着温暖的夜灯。回锅肉、香肠炒饭，如果青椒没冻坏，还有青椒肉丝。

川藏线是一条川菜厨师的大道，其中就有郑师傅。

在四川大邑郑氏厨师世家传到十七代时，这一代的郑大厨做出了一个艰难的决定：到高原上发展。于是他来到四川省甘孜州理塘县，海拔四千多米，被讹传为世界上最高的县城。

没有微信和手机斗地主的时代，当时的理塘一派西部片风格——长发垂肩的牧民，亮着大金牙、骑着马招摇过市；川菜厨子们跷着二郎腿嗑瓜子，玻璃墙上贴了鸡鸭鱼猪牛羊甚至兔子的剪影，栩栩如生，仿佛老式照相馆。

⊖ 全球最著名的旅游杂志《Lonely Planet》（孤独星球）。

牧民一家团团坐定，虽然不懂汉语，但只需从藏袍中伸出手指点点几个剪影，炒锅就立刻热火朝天，辣椒豆瓣酱野葱一顿猛翻，撩动藏袍里的辘辘饥肠。

郑大厨背负着十六代祖先的荣耀，踏上了这片太阳反复烘烤的草原。那时候，川藏线路况糟糕，也没有如今天一般充斥着投机风格，还是很有世界尽头冷酷仙境的气质，往来走动着理想主义者、漫游者和真正的梦想家。高海拔如同药物一般吸引着四面八方的游客，郑大厨的自我流放是个无比英明的决策。

郑大厨从有猪头的"二哥饲料"口袋里倒出了十多本有葱花味的厚笔记本给我看，这是来来往往的食客们在十多年的时间里写下的留言和随笔。

日本游客规规矩矩地写下长篇留言，一个个方块字排着长队。他们多是为天葬而来。他们极为克制地描写秃鹫，以及对灵魂的思索；并且花更多的篇幅讨论自己的肠胃、糟糕的路况、日程的安排。在这后面可以窥见一个个躁动不安，饱经折磨的灵魂和肠胃。

理塘人对日本游客心情复杂——家家户户都爱看抗日神剧，但这些害羞的邻居们又来得像猫一样安静，竭尽全力不打搅任何人。

2007年的夏天，我在理塘看到康巴人家豪华的大帐篷拐角有一个极小的单人帐篷，偶然见一个男人躬身出入，手里攥着小小的相机，却并不和人交谈。"日——本人，"有孩子告诉我，"每年——都来。"

欧美人则是另一种风格，他们在亚洲旅行地图上画出粗重的一笔，带着泰国或者印度的海风从云南或西藏而来。理塘是亚洲旅行地图上几乎必经的一站。

他们洋洋洒洒地描写路况如何之颠簸，理塘的荒野景色如何之壮美，最后，郑大厨的土豆烙和牛肉汉堡如何让他们得到了来自家乡或者灵魂深处的慰藉，一展骚情。

郑大厨的笔记本上，还有闷骚的英国人赋诗一首，我试着翻译如下，很有莎士比亚的古风：坐大巴来理塘 / 竟把老脸丢光 / 路上坑坑荡荡 / 恼得老子牙痒 / 终于到了理塘 / 没死是老天赏光 / 看到无上风光 / 都在小城里藏 / 我们放开肚肠 / 玩命把美味尝 / 明天又要滚蛋 / 前路磕磕绊绊 / 滚到康定再说 / 三个傻瓜有我。

那时候，有古典风格的世界旅行家，并不携带无人机，不拍星轨，也不搞新闻发布会，只是用水笔在分辨率模糊的世界地图上画出一条粗蓝线，买一匹蠢头蠢脑的母马，就这么一路走下去。他们指望通过五位数的里程、走坏的膝盖和稀疏的胡茬来说服世界，而不是通过炒作和资本运作。

也有骑着高轮自行车走川藏线的英国佬，仿佛自己就构成了一个游走的马戏团。

最早见识过这种自行车的是清政府的外交专使张德彝，他在日记中写道："见游人有骑两轮自行车者……造以钢铁，前轮大后轮小，上横一梁……人坐梁上，两手扶舵，足踏轴端，机动驰行，疾于奔马……"很难想象这几个家伙穿着燕尾服是如何爬上海拔四千五百米、覆满冰雪、据说还有强盗出没的海子山的。

但他们就这样去了。

直到 21 世纪头十年的川藏线，这种理想主义也没有湮灭。彼时有一身机车服，貌似窦唯的车手；有上海图书馆的退休职工，借这本葱油味的留言本向某同学致敬。

在郑大厨的店里，由于厨师花费了很多时间思考混合菜系，所以可以吃到香蕉味的糌粑、黄瓜条蘸奶油色拉。在寒风呼啸的高原小城街头，这份诚意足以让所有人动容。留言本上甚至还有王石、李俊基和韩庚的笔迹。那时候，王石还没有陷入危机，李俊基和韩庚还是小鲜肉，那些文字故作低调地藏在葱花和大量游客们的留言之间，深藏功与名，以至于郑大厨翻了很久才找到。

郑大厨也做一些公共宣传，风格嘛，类似于一位装饰艺术家。他将许多人的名片和互赠的明信片胡乱地贴在墙上，仿佛是荒唐世界沉没之后在海面上留下的一大片垃圾。

20 世纪 80 年代风格的耶路撒冷、苏格兰古堡、瑞士少女峰、科隆大教堂，长发嬉皮士，甚至还插着一张肉红色的二十泰铢钞票。

有些名片简直让人觉得匪夷所思——例如一位秃顶如《虎口脱险》的演员路易·德·菲奈斯的中年男子，其主业似乎是教中国人如何学黑人饶舌。那时候，川藏线足够漫长，尚未挤满资本和廉价梦想，白日焰火一样的荒唐还有一点点生存的气焰。

2008 年之后，郑大厨的名片墙上，"假行僧们"就如同雨后春笋般摇旗呐喊，与如今流行的"活佛们"的心灵鸡汤堪称绝配——负责任的旅行、慢旅行、人文旅行、情侣旅行、自驾、禅悦之旅……

海报下一律带着微博、微信号码——假如你看我有点累，就请扫我的二维码；假如你已经爱上我，请在微信下打赏，我无所谓停留在什么地方，我只要你 Follow。

热闹归热闹，但能与骑着高轮自行车走川藏线这种好玩的事情匹敌的，一件也没有干出来。

理塘这一段的烂路，也终于成为历史，如今进城卖菜的康巴汉子们能轻易地将自己的五菱宏光开出一百四十迈的时速。

有假行僧的地方，往往没有殉难者，但郑大厨这里是个例外。

2006 年，美国人克里斯婷·波斯科芙（Christine Boskoff）和查尔斯·富勒（Charlie Fowler）在郑大厨这儿吃了饭，还用简单的英语互相交流，还写了留言。他们去攀登格聂雪山，随后失踪。这一事件甚至惊动了美国领事馆，发出了寻人启事。他们寻踪来到了郑大厨的餐厅，发现了那一则两人留下的关键留言，确认他们要去格聂登山。一年后，两人的遗体先后被发现，格聂雪山的一场雪崩杀死了他们。

波斯科芙在登山界颇有名气。我后来在网上找到了关于她的简短新闻：1995 年波斯科芙在一次本土攀登活动中认识了高山导游公司"高山疯狂"的主要合伙人费希尔，这竟成为她生命里的一个转折点。同年波斯科芙登上她自己的首座 8000 米高峰布洛阿特峰（海拔 8047 米），1996 年登上卓奥友峰（海拔 8201 米），1997 年又登上洛子峰（海拔 8516 米），实在锐不可当！

费希尔在1996年的珠峰大灾难中不幸死亡之后，其公司随即陷入破产的边缘，波斯科芙当机立断，以贷款的方式把公司全盘收购过来，并亲自担任CEO及高山导游等职务，令公司站稳脚步，并迅速发展壮大起来。如今该公司平均每年安排近两百宗活动，年利润超过五十万美元。新闻报道最后感叹——多能干的女子！

郑大厨从不旅行，十多年里他一直围绕着锅台，从厨房到餐桌是他最漫长的旅行。

有的人从不旅行，他只是系上围裙，敞开大门，磨好刀，等世界饥肠辘辘地杀上门来。

一个朝圣者的自述

本故事完全由阿色的录音转化而成,除非必要,未做更改。目的是展现理塘地方有意思的语言。

我们从自己屋头磕头来到西藏的话,
自己家的娃娃平安,我们家的老婆那些话,我半句都没说过。
我说的是,不管藏族、汉族,要平安;
灾难那些,水灾、地震各方面灾难,
硬是把大的变成小的,小的变成没有的,
这个世界上那些地位低的人更加要好一点点,平等一点点,
就是一直想——哎哟。

阿色

我第一次磕头来，是 2008 年的样子。我今年四十一岁，六年以前我三十五岁。再老婆我们两个坐了十八年了，坐了十八年再就没有娃娃。我一辈子的话，当个爸我从来没想过，已经十八年了。

有一次，我回来的时候她给我说，她笑嘻嘻的样子，她有个话说的样子。

我说："你有什么话说？"她说："说了的话你真的是，不是一般的高兴，那就不是简单的。"

再过后咧，她给我说的是，她怀了娃娃。

我说："哎呀，你不要说了，你我两个当爸爸妈妈的不要想了。"

作者：你不敢相信是吧？

阿色：敢相信啥子嘛！已经坐了十八年了。

我说，我们两个只有这个样子坚持下去，再我们两个当爸爸妈妈，反正这辈子我们两个想的没得。

她说，她真的怀了说的。再我给她说，你赌个咒嘛，她给我赌了咒。我真的相信了。唉，我说了你哪个地方去查了。她说反正我们女的话，就一个月一个月的月经有吧。她说已经月经没来了，两个月没来了，再肚子一点点看出来。再到医院里头去看了，打 B 超。我说真的有啊，她说真的，哎呀，我高兴的，真是，一百万两百万块钱找到的样子硬是。

那我们两个明天再去查一下，我说的，你肯定好好地没有查，肯定娃娃不是吧，我明天必须要去查一下，必须要查。

第二天我又把她带到医院去了，找了个熟人，和她说你那个打B超的跟前，好好地说一下。

再那个打B超的是个女娃子，她给我说了，小伙子你不要打B超了，肯定有，再看一次你浪费钱。

我说，钱的话三四十块钱，那个不浪费，再给我好好地看一下。好好地确定一下，各方面都要平安，眼睛啥子反正都有嘛。

第二天又打了一次B超，还是有，再我高兴得不是一般的。

我们两个等时间到了，就在医院里头提前坐了七天的样子。再医院的院长说，你有点疼的话，再跑过来，你这近得很。我说不行，现在我们老婆有四十八岁——那个时候她肯定四十二岁吧。这个我有点不放心，有点心焦急。就提前坐了一个星期，再那个娃娃就生下来了。

现在又有个女子，还没有满一岁，九个多月、十个月样子，现在有两个娃娃。大的那个像我得很，那个六岁，叫丁真卓玛，小的叫多吉央宗。

二趟来的时候，我们开的是拖拉机，一家人来，娃娃和我老婆，我们三个人，路上娃娃就我们车子后头搁。

再就这次第三趟来的时候，我们就是那个农用车。

快要到拉萨时，阿色看到路边有卖牛的，决定买一些牛献给寺庙，作为功德。但是牛主人打算卖他高价。

他（牛主人）给我说了，你有良心有的话，这个牛你晓得可怜，多点钱算啥子？我说："今天牛全部我买，但是我有钱的人不是。你刚刚说了，我们开天龙（大货车）的司机，方向摆过去摆过来，一千块两千块钱找到了。你错了。我们这个危不危险，唉，眼睛眨一下的话，车子底下钻去了。我们一个脚杆子在世界上，一个脚杆子就在外头。我们白天晚上地跑，你们睡得舒舒服服的时候，我们一晚上'咚咚'这个样子跑起在。我们这个是靠自己的力量吃饭。"

那个样子我摆（说）过去摆过来，可能我们朝圣的二十多人来了。

我说，你们老乡看一下，这个还有一个母牛，一个小牛。那个母亲"嗯——嗯——嗯"说，那个小的那个在后头"昂——昂——昂"说了。

它们两个以后再也见不到。我真的哭了，我哭了十多分钟、二十分钟，哪个死娃子骗你。这个牛，只不过说不出话，其他我们一样一样的。

我们这辈子，钱呢钱挣就挣不完。我反正身上有多少给多少地说了。

我们开车子的人，自己生命上危险得很，眼睛眨一下的话，就往外头飞那个样子，那些我清楚，我说的。

然后的话，那个后头有个老妈妈，她脚杆这个样子断了，她搭车看病，她那个老婆婆，屋头有钱的不是，她说她给五百块钱。

终于，凑齐了钱，买到了牛，阿色把牛送往寺庙。

寺庙里的阿克（僧人）给我说的是，再你也没有了解我们庙子，也没有了解我们庙子里头的人，你千千万万放心。

牛咧，一个母的跟前，两个公的给。这个，自己死了的话，自己死了。从它生养到老，它自己死了再没得办法。

阿色说，他跑过运输，做过虫草生意，甚至还被蒙骗做过传销。但是都没有发财，命运如此。

我不是给你吹牛皮的，理塘我以前还是可以的，拼打架可以。拼那些歪东西出名的真的不是，但是还是一点点可以，我们时间还长得很，出门要靠朋友，人就是那个样子。但是，我这个思想，做生意也好，开车子啥子，各方面没做过的没得。

但是，脑壳上挣钱的命一个没得的话，想法发财，想法有钱。想法有，还是根本没得啥子。

我就那个样子，机会灾难，小的小的我说不出，肯定五六次样子灾难有嘛。那个过了的话，我啥子都不想，我屋头吃饱穿饱就对了。

我现在磕头来了三次了，从理塘到西藏。

第一次来的时候我们有十九个人，我们君坝的，我们反正一个村子头有十九个家来。

第二次，我的老婆和我的娃娃，我们三个人，还有三个人，开个拖拉机。

这一次的话有八个人,开个车。

再就是的话,我还要想来个两次。

大昭寺那个觉卧佛你晓得嘛,觉卧跟前我已经说了。

反正做生意也好,开车子也好,我,反正啥子钱挣不到那种人我不是。

再我回去的话,还是自己娃娃两个有,钱一点有了的话,多多的钱我想了没得。

现在的话我真不是给你两个吹牛皮的,还是做一点好事。自己有时间的话,磕个头啊,念经啊,那些的话最好,哎哟——天天那个样子的话,哪天的话你死了的话,我们藏族说,人死了的话,你这辈子做啥子坏事的,我们这个世界上从生下来的位置到死的位置……

(他接了一个电话)

我家里条件说好咧,这个样子不是。现在的人——哎哟——再有钱再那个样子的话更凶得多哦,更复杂了。还是我们这个样子平凡好一点点,真的好一点点。

我以前十七、十八、十九、二十岁的时候,硬是想要个钱啊,硬是那种样子想过。

想过,钱我挣也挣,但是,你这个命运你背的话,这边抓钱,这(像)是个口袋,口袋的底子烂完了。

哎呀，你苦完了，根本你想的没得，这个样子的话，你一死完的话，自己（掉到）海水里头去的话，那没得办法。

阿色带我们看了他的朝圣用车，后厢经过改装，正好能睡七个人，最后一个人露天睡在放平的车厢尾部的盖板上。这个盖板平时也不提上去，而是作为小厨房使用。一尊灰蒙蒙的铁炉用铁丝结结实实地捆在上面。车厢内部焊接了一些搁架，放着极少的个人物品，车门边如同贝壳一样，密集地挂着许多木鞋，磨得十分光滑，可能只有半厘米的厚度。这些都是套在手上的木鞋，磕头时双手向前滑动，在前方合十，一次又一次地在地面滑动摩擦——没有厚厚的木鞋保护手掌是不行的。木鞋在理塘时就已经做好，用的是最坚固耐磨的青冈木，原先的厚度大约在七到八厘米。

作者：你们一路磨掉了几双木鞋？
阿色：我的样子，八双有。

现在，跟随阿色出发，走上他的朝圣之路和心灵历程。

从理塘草原出发，往往是秋季开始，理塘赛马节结束后，草原开始变冷的季节。

经过海子山口（海拔4685米），这座山有两枚明眸般的湖泊，被称为海子，山路危险难行，常年积雪。

经过海子山，经过巴塘之后，渡过金沙江，正式进入道路最艰险、破碎的横断山区。

宗巴拉山口（海拔4170米）和拉乌山口（海拔4338米）位于金沙江和澜沧江之间，必须连续翻越让人风尘仆仆的山地，康巴人的故土。

澜沧江，这条浑黄富饶的河流，在下游被称为湄公河，是整个中南半岛的母亲河。

觉巴山口（海拔3930米）、东达山口（海拔5008米）、业拉山口（海拔4658米），澜沧江和怒江之间的高山冠冕，这是令许多朝圣者最感痛苦的连绵高山。

怒江，愤怒之江，尘土和喧嚣的大河，紫红色的暮色，横断山区的终章。

安久拉山口（海拔4325米），从横断山区进入喜马拉雅山区森林带的分割之山，寒冷的水汽和印度洋气流侵袭着朝圣者。

帕隆藏布江，呼啸的江水是朝圣路上可怕的天渊，落石、洪水和滑落曾经是这里的主宰。

翻越色季拉山口（海拔4728米），礼拜南迦巴瓦峰，进入温暖的林芝森林，沿着尼洋河前进。

米拉山口（海拔5013米），进入拉萨的最后一道神圣门槛。

后　记
时轮金刚气力里，我和我的理塘『家人』

2007年，一个无聊的翻译跑到四川康巴藏区瞎玩，认识了一个姑娘。这就是故事的开始。前面原原本本地讲述了一个漫长的单相思失败的故事，到2011年结束。

这里要说的是，情书之后的故事，关于我在理塘的"家人"。

1. 歌剧

在2007年到2011年，有好几年我都以为，这一段在理塘的生活会是一场歌剧。

我这个来历不明的汉人，会和昂首阔步的康巴男人互唱关于男人史诗的高音咏叹调，与长辫及腰的康巴姑娘有漫长的情话厮磨。时而我是手持利刃、苍白发狂的王子，时而又是跑满全场、放声大笑的丑角,直至舞台的地板裂开,命运之神从地底升到台上。而这个命运之神矮小、长须,戴一副巨大的墨镜,有一头康巴人的长盘发,手中横握着一把银鞘的藏刀,捻着胡须,颇有些害羞。

哈,我见过他,他就是理塘德巫乡婚礼的证婚人。

那时,我在理塘最初的生活似乎在表明这一点:我在陌生人的帐篷里醉得跌跌撞撞,驾轻就熟地骑上矮小的、一路放屁的母马渡过河流去看望喇嘛。我同好色且好斗的年轻画匠们坐成一排,给藏居彩绘。我咬紧舌尖不舍昼夜地追逐一个美妙如露珠的康巴女子。

若能如此持续,那么我的歌剧人生眼看就要实现——以至于无神论的我经常往理塘寺大经堂里那个主管时间之轮的时轮金刚像下放钞票。我希望在这永恒转动的时间之轮上,我能准确地落入自己的命运。但我不知道用什么词来向时轮金刚祈祷。

我想起来了,我会一个祈祷词。元代的蒙古皇帝一向以草原风格标榜,在圣旨里面经常开头用"长生天气力里",意为"借长生天之气力"。

这正合我意,好吧:"时轮金刚气力里!"

顺便说一下,这个时轮金刚像非常有趣,他有十二条胳膊,二十四只手,各持法器,怀中还抱着一位明妃。我太喜欢他了。

或许是时轮金刚的力量,我没有在理塘过上歌剧式的生活。我有"家人"和朋友,我将他们留在了理塘,像是旧信封上了口。

2015年的6月,我又一次去理塘。

从亚丁到理塘如今有非常漂亮的高原公路,只需要两小时就能到达理塘。窗外像月球一样荒芜的古老的冰山飘砾遗迹实在不像是歌剧的背景。

我拼命地回忆在亚丁机场开通之前,我是如何到达理塘的,甚至不得不闭上眼睛去想——那时我恨死了这条漫长的道路。从成都出发整整两天,从盆地爬上海拔4700米的高原,弄得每个人都灰头土脸,食欲不振。而理塘就在此刻突然到来——眼前突然一空,脚下公路尽头的草原上躺着一个小城,金紫色的下午阳光灼烤得城市有如一块红铜,尘土飞扬,藏歌怒吼,姑娘小伙怒放,牦牛和小马驹子暴走。

这就是理塘——藏语叫"勒通",意思就是铜镜一样的草原,四川省甘孜藏族自治州第二高的县城。

我踏上了家里的小楼,心跳得厉害,一部分是因为缺氧。

阿妈拉姆很是被我吓了一跳,"哎!冬冬!"那一瞬间,她甚至有点茫然不知所措。她坐在地板上,赤着脚,撑开肥胖的脚掌,头发沉重,腰肢粗大。但她很快有了决定。她把双手搭在围裙上,站起身来,决定像之前我每次到来时一样,给我做一顿土豆包子或者牦牛肉包子。这种康巴包子有壮汉的拳头般大小。肉包子晚宴总是让我想起一场激烈的拳击赛,你苦撑几个回合,只是等待被一拳定音地击倒。

这间康巴式小楼并不是我熟悉的那一栋——那一栋更宽大,有更漂亮的壁板彩绘，甚至还有一大幅彩绘，是理塘著名的格聂雪山。雪山脚下就是我原先的床——狭小，除了冬天那些可怕的寒冷夜晚，还算舒服。

如今那一栋房屋已经被阿爸泽仁拆掉，但我并不十分怀念。这一栋康巴小楼和其已经幻化入虚空的前身并无区别——如同佛龛一般密集的整体彩绘橱柜，大腹的铜罐如同猫头鹰一样找到了橱柜上的洞穴，闭眼蹲下。这些无言的大腹铜罐自从被买来开始，就向神佛起誓绝不泄露这个家族的秘密，里面无非是用旧的课本、电子产品的说明书以及无数的手机充电器和电线。

似乎还装过我的情书，如今也被一同压缩进家族的回忆之墙中。

2. 阿妈

阿妈的决心已下，整栋小楼就忠实地执行她的意志——有力的手指揉搓着面粉，牦牛肉和野葱被剁碎，藏式铁炉里塞进了两大块松木，火力强劲凶猛。

她面颊宽阔，有两块赤红发紫的高原红，耳上戴着沉重的金耳环；腰间还有众多的钥匙，各自通向不同的神秘所在：放现金的箱子，放虫草的箱子，放黄金的地方——其中有新娘的黄金头饰和腰饰，还有男人的金项链和戒指。戒指上刻有男人的名字，必要时可做印章使用。只有黄金才能象征康巴男人的信用吧。我怀疑这些宝物都在佛堂内的某个角落里，由神佛日夜不眠地看管。

阿妈的家乡是德巫乡，一个遥远的农区，她的丈夫来自木拉乡。

木拉以前似乎总是遭到瘟疫和饥饿的打击，德巫也好不到哪去。根据老家在木拉的作家格绒追美说，木拉某些家族还经常遭到麻风病的困扰，土匪也不稀奇，这像是家族世代所受的诅咒。

阿妈曾指给我看一种矮小的红穗植物，她说，以前肚子饿的时候，就吃这个。我尝了尝，这植物的谷物干瘪，吃起来极无趣味。如今，在德巫和木拉，土匪和麻风病都被压成干巴巴的传说，但或许是因为饥饿的记忆，德巫人的饮食极为油腻——热面饼上堆上如同小山的金色酥油。

木拉和德巫刚刚温饱，就开始迅速地凋敝。年轻人放弃了曾经生长麻风病和青稞的田地，拆下土屋里的木梁，来到理塘县城修筑房屋，并做起虫草生意。正如阿爸泽仁一样。我认为他们可以算是虫草移民。

阿妈是一个坚强的女人，如果她是十六岁，我或许会爱上她，或许会畏惧她。

她大概是十六岁时成了一对兄弟共同的妻子，生下了三个孩子。她是这个家族的守护神，她给予生命。

有一次，大儿子次仁的小姨子即将生产，那是个矮小的女人，双眼分得很开，因而显得满脸迷茫。孩子的父亲到喇嘛寺打卦，结果是不去医院在家生产为好。于是阿妈让女人端了一盆热水守在产妇门前，男人们则倒头午睡或者闲聊。

那个下午格外无聊，直到阿妈赤裸着上臂，摇摇晃晃地走上楼梯。她的上臂有不少的血迹，腰间围着一条澳大利亚出产的羊毛围裙

(那是我送她的礼物),也被血水染成了诡异的粉红色。她像是个德尔菲女祭司,刚屠宰完一头羔羊,以获得上天的谕示。

阿妈挥挥手,有些僵硬地笑笑。接生结束,婴儿健康,但没怎么哭啼。那个矮小的女人也硬挺着一声不吭,似乎沉默是一种美德。

阿妈自己的孩子,都是自己接生的。她那个时代,女人生孩子有时被认为不洁,会在牲口房里自己生产。

不过,如此坚强的女人,也有心慌意乱的时候。

我见她唯一一次狂怒,是因为大儿子次仁在外头瞎玩。她大半夜立在大儿子回家必经的道路上,攥紧了拳头,一言不发,如同狮子一样沉重地呼吸。大儿子心慌意乱,从屋顶上翻墙回了院,并把自己死死地锁在屋里。母亲擂门,大儿媳倒在床上哭,阿爸泽仁坐在床上漠然抽烟。

家门之外是男人如野马般奔跑的牧场,家中则是女人独裁的城堡。

阿妈还是家中佛堂和家族运气的守卫者,她负责每天向神佛献上七碗净水致敬,负责弯下健壮的腰,向神佛祈祷家族的昌盛。新年夜,阿爸泽仁在外面的床上磕和自己岁数一样的头,她则独自祈祷。佛堂里一片昏暗,供桌上用大米堆出了一只巨大的手印,像是什么人拍在了桌面上。她的头顶仿佛有一条古老的天梯或者长绳,直通向云巅那昏暗且混沌未分的众神世界。

阿妈依然健壮有力,这让我感到欣慰——家中佛堂里的佛像们依然面放光芒,眼神锐利,十年以来如同烈火一样的运气没有背离这个家族。但阿妈的力量和权威正在衰退,她自己也知道。黄昏时,她半睡半醒地看完了整整一下午的泰国肥皂剧,然后挨个儿打电话给丈夫们、儿子们、女儿和孙子们,传递一个最简单的信息:觉巴霍(早点回来)。

这是家神所掌握的所有咒语中一道最古老的,也是最无力的。

我不知道阿妈如何看待我:或许她会暗自觉得我过于古怪和谨慎,缺乏康巴男人的冲动和胆量;或许她会觉得我过于飘忽随意,而没有深远的打算。

她大概真不知道如何对待我,该当儿子还是该当朋友,或者只是一个"甲米"(汉族人)。在阿妈掌握的永恒不变的家族星系中,我只是一颗流星。

我那一年因醉酒而哭泣时,她也哭得双颊湿成一片。

我想,或许,随着年龄的增长,人会慢慢地增加其分量——例如阿妈,她如同一个铜球,沉重、有效、清晰地做着抛物线的运动,出发点是缘起,终结点是死亡。这是康巴女人几个世纪以来固有的运动。

上一次我离开理塘的前夜,阿妈照例来房间巡视——家里停电了,她举着一盏太阳能节能灯。我看见她壮硕的身影,她的面孔隐藏在黑暗中。

我喊:"阿妈。"

那盏多个灯泡并联的、惨白的节能灯转向了我,仿佛是时轮金刚之眼,带着凛然不可侵犯的力量。

我顿时感到了空虚和畏惧。

3. 阿爸

"觉巴霍"的咒语和肉包子的香味再一次联手发挥了作用：男人们回来了。

年轻的康巴汉子高大、鲁莽、暴躁、肮脏，仿佛是粗壮的麦子。大儿子次仁镶金牙，头发油腻，得意地左右摇晃。前几年他还是酒吧里的常客，如今已经是三个孩子的父亲。二儿子克珠更加高大，却瘦弱，是一位还俗的僧人。

如果在木拉乡，他们多少会沿袭康巴男人传统的生活轨道——大儿子是家中的顶梁柱，有长刀、长发和冒险精神，是好庄稼汉或者好生意人；二儿子是喇嘛，有袈裟、金刚杵和咒语。

他们如此活到天命之年，绝不相同，只有火山一般爆发的家族脾气依然故我，仿佛是藏区这枚银币的两面。

然而，时轮金刚气力里，时代已经改变。大儿子如今想开旅馆搞旅游包车，还俗的二儿子是一名保安。

阿妈的弟弟脏手捏着包子，针对某些微信内容发表见解，和阿爸泽仁一样，他也是个成功的虫草商人。大家认真地听，一天都在修房子，每个人都疲惫不堪，头发和裤子脏得一塌糊涂，令人忧伤。

"我家女娃娃，毕业就到理塘县上找工作，再不读了。她现在是啥子——哦，对，学士嘛，学士再上头还有硕士，然后是——哦呀，博士，博士上头我晓得还有个博士后，女娃娃读那么多书做啥子嘛。"

最后回来的是阿爸泽仁。他咳嗽着走进小楼，西部帽歪戴着，脸孔上的疮疤又深了不少。他脚步沉重，看起来疲惫不堪。他走进自己家就像回到一个客栈，康巴汉子还是更爱风尘仆仆地漂泊。

这就是著名的阿爸泽仁：身材高大，面孔如同狮子，曾经是好猎手、淘金好手，如今是买卖虫草好手。虽然他现在身体如同冰山一样迅速地垮下去，但十年前，当一米九几的他指着你的鼻子说："你正儿八经人不是，你再等一下，我哪天打死你！"你最好相信他的话。

但是他已经迅速地垮掉了，开始说话气力不足。早年，他还在脸上抹过防疤痕的护肤品，看来也早已放弃了。似乎自从他不再喝酒之后，又或者他剪掉了康巴人的长盘发、出没于成都的虫草市场之后，他的身体就每况愈下。

就这一点而言，曾同样住在家里的喇嘛罗桑早就看出了其中端倪。阿爸泽仁和罗桑某种意义上能互相理解。他们都是心计颇多，沉稳而有胆量的家伙。罗桑说："阿爸泽仁和家里会闹翻吧？"的确如此，大胆而深谋远虑的泽仁或许感到了无所不在的牵绊：他喜欢喝酒，但家里人则在理塘的大环境下，一心一意地朝着彻底戒烟戒酒的解脱之路而努力。

似乎有那么一两次，在向神圣的喇嘛们发誓之后，阿爸又端起了酒杯，大儿子深感家族荣誉受辱，于是和他打了一架。

阿爸泽仁很愤怒："如果没有我做虫草生意，全家人吃饭没得。"

阿爸泽仁又说："再我一个人走了，他们全家慢慢坐。"

这是他和罗桑说的，没有和我说，原因猜不到。

但是他毕竟没有走。

为什么呢？或许还是那与生俱来的惶恐。那些最勇猛、最胆大包天的康巴汉子，也是有畏惧的。在阿来的《瞻对》里，征服了半个甘孜州的强人布鲁曼，依然对一个所谓真正的喇嘛表示了敬畏。血气沸腾之中，举起叉子枪或者藏刀向前或许容易，可一旦停顿下来，脚下就是无底的深渊。

而这些康巴人并不是虚无主义者。他们在虔诚的宗教热情中有世俗算计，而在精明的交易往来中又暗含绝望的宗教情结。他们之中并无唐璜，并无拜伦，他们不可能大笑着走进地狱的裂口。

当他们从漫长的噩梦和恶臭中惊醒，四面一片漆黑，舌头干燥得像要掉出喉咙，沉重的发辫压在胳膊上时，远方的山口正在酝酿一场闷热的暴雨和闪电。而寺庙里那些红衣的喇嘛总有办法度过每一个漫长的夜晚，他们喋喋不休，眼光颇有深意，如同孩子一样摆弄着珍贵而古怪的器物：曼陀林、法号、鸡冠帽和厚筒长靴。

这些红衣服的喇嘛哦，他们能征服虚空，他们能骑马一样将金鞍子放在虚空的脊背上，歪歪扭扭地走入时空和书卷。康巴汉子们所惧怕的，不正是无所不在的虚空吗？正因为如此，他们才要制造出种种的响动，如钢刀插入胸膛，如火药轰响。

连最勇猛的山神，都是惧怕虚空的，否则他们何必挥舞着永不生锈的水晶剑，来给这些孱弱的喇嘛们守卫大门？

康巴汉子们最勇猛的时候，也是最心虚的时候。进一步，是一片坦途；停下来，就是无底的泥潭。他们可以选择出家。总之，如果不能找到新的出路，他们就会被命运迅速地毁掉。如同石磨盘，最先压碎的始终是最大的青稞。

如今，阿爸泽仁在外面游荡一整天，吸优质印度伞牌棕色鼻烟，可能还喝一点小瓶药酒，然后再回到家里。他满脸病容，郁郁躺下，面孔瘦削、黝黑，巨大的鼻梁横在枕头上，只有睡眠或可逃避宿命。

他耳朵上戴着助听器，说话的声音轻声轻气，气力不足。但这也不妨碍他在吃饭时，喝了一小瓶药酒之后，凑在我耳朵边说话，并喷我一脸口水。

"我是真的想你了哦。"他的大手勾着我的脖子，又胡噜我的头发，像我是他最小的儿子一样，全然不顾我也有不少白发。不过从年龄上看，我应该是他的大儿子。

在更早的、荒唐而欢快的年代里，我在江西的初中课堂上学习三角函数。那时阿爸泽仁背着火枪在理塘的草甸上打猎，或者揣着木碗到河边淘金。我在南京读大三，被土力学和流体力学联手折腾的那一年，阿爸泽仁和回族、汉族的生意人交易虫草。之后很快，他看出虫草交易的红火，决定全家从乡下搬到理塘。

我看过他当年的相片：巨大的皮毛藏靴，小口径火枪，高大的身材要微微倾斜才能把自己完整地装进照片里。阿爸泽仁惊慌又好奇地对着相机咧嘴笑——他也是相机的猎物。此刻，他雪亮的刺刀、装着火药的羊角和圆滚滚的铅弹，全都没用了。

或许正是那个瞬间，阿爸决定了放下猎枪搬到理塘也没准儿。再凶悍的猎人也是时代的猎物。

我多希望那时能遇上他，和这个土气而凶悍的猎人聊聊。或许我们会交换鼻烟，聊传奇中的康巴强人布鲁曼；或许也会聊聊理塘的土司，来去无踪的马匪、马帮和豹子，以及麝香的价格；或许我们还会翻脸，他把我打翻在地——这有谁知道呢。

离开欢乐乡村的阿爸拥有了整整十年虫草交易的黄金时代——这也是理塘的黄金时代。每天早晨，这些前猎人和淘金者们会聚集在318国道旁，猛烈吐痰，将对方粗糙的大手握在自己的袖筒里进行不出声的交易。

如今，阿爸泽仁还要努力赶上理塘县新一波的潮流。几乎所有的虫草老板都将钱投资在兴建宾馆上，好像一夜之间，整个川藏线的游客都要涌到这个318线上海拔最高，几乎无人知道的县城里住宿。

高昂的建房子成本，并不乐观的旅店业，阿爸泽仁还不能躺倒。

胖喇嘛罗桑（几年前从印度归来时，他还没有那么胖）对此有自己的看法。"阿爸泽仁想的事情有一点点多。"这位喇嘛说，前几年因为要不要信仰某位护法神的问题，他和家里一度闹得很僵。

一点点，是理塘的俗话。康巴汉子不乐意夸张，这个词翻译过来是"很、非常"，仅次于最高级。

例如，理塘有一点点高嘛。

"你问一下朋友嘛，有没有十万块钱借，十个月就还，一分利或者一分二利息都可以。理塘利息一点点高，一分六。"阿爸说。

阿爸泽仁真是有一点点厉害。

4. 谢幕

我又要离开理塘了，这次甚至没有时间去拜访我的老朋友时轮金刚。但这无关紧要，一定会有小伙子们将崭新的钞票放在他的脚下，虽然未必用专属于我的祈祷词。

阿妈邀请我到家里住一夜，但他们自己在新房子的工地上奋战一天之后，已经耗尽了力气，不到十点就全部睡着了。他们如几年前一样，全部睡在客厅里，似乎随时准备醒来。阿爸泽仁、阿妈、大哥，二哥、大嫂……雪亮的灯光下，他们或许正是为了等我。

阿妈睡得坦然自在，大嫂睡得忧心忡忡，而阿爸泽仁睡得如此忧伤，如同一个无家可归的孩子，或者是一头年迈的老虎。

时轮金刚气力里，我的发愿实现了吗？或者，这本就是一个已经失效的咒语？咒语也是有生命周期的。

我的理塘歌剧的高潮是这样：有一个清晨，在理塘的天葬场上，光头的喇嘛天葬师递给我一根木棍。我的任务是，当天葬师用利刃划开尸体的后背时，负责驱赶围拢而来的秃鹫，不让它们打搅天葬师。

当秃鹫张开巨大的灰色翅膀，踊跃前进时，我也要逆流而上，挥舞着木棍驱赶这些死亡的使者。我和秃鹫，前前后后，跳着优美的舞蹈。

看来在这个孤独的个人歌剧舞台上，只有秃鹫与我的合唱。谢谢观看，绝无谢幕。